现代设计元素

XIANDAI
SHEJI
YUANSU

版式设计

前言

版式其实就是把页面内的视觉元素安排和形成一个统一的视觉状态。内容涉及到平面设计的各个方面，其对于平面设计犹如构图对于绘画，因而要予以必要的重视。本书主要提供一些国外的资料给大家参考，希望本书的编写能起到抛砖引玉的作用。

编者

第一章 认识版式

第一节 版式概念

当设计师面对他要设计的作品——一张招贴广告、一份产品宣传册或一本书籍时，他会展开想象的翅膀，赋予各种图形文字以意义，并使它们按照视觉美感和内容上的逻辑统一起来，使其形成一个具有视觉魅力和组织紧凑的整体，传达作者的精神意象。这一过程大体上可分为两个阶段，在前一阶段，主要是思想化阶段，设计师进行设计目标、设计背景、设计方法等多方面的构思，从而产生比较明确的图形、色彩等设计创意；后一阶段，则是将创意有序地视觉化的阶段，设计师将图形、文字、色彩等视觉诸要素进行组织和编排，从而产生具有视觉魅力和传达意义的作品。这后一阶段的过程就是版式设计。

版式一词在英文中有两个解释，一为“format”，另一为“layout”，分别指规格、开本形式和在平面上的展开和调度。这两个解释，各自指明了版式两方面的含义。我们在本书中，着重探讨版式在“layout”方面的内容，即在平面上的展开和调度的规律，探讨按照一定的视觉表达内容的需要和视觉美的规律，运用各种视觉要素和构成要素，将各种文字图形及其他视觉形象加以编排组织的设计表现方法。

图 1-1

图 1-2

版式可以解释为比较宽泛的概念，不仅包括了样式、格式方面的内容，也包括了构图、编排的内容，即版面设计的全部内容。因此版式设计又可以叫版面设计、编排设计。人类自从原始时代在岩壁上绘涂各种图形和象形文字时就有了如何编排得美观的朦胧意识，因而也就有了原始的版式意识。当今时代，电脑技术的发展提供了形式创新的无限可能性，人们仍不断探索着将各种图形、文字编排起来表达思想感情的设计方法。设计良好的版式就像一位版面信息的引路人，引导受众按照既定的视觉路线较好地获取知识和接受美的熏陶。

第二节　版式是平面视觉传达语言

任何一个平面设计作品都要涉及到这样一个问题：如何将各种视觉要素有序地加以组合形成作品，并最大限度地发挥这些视觉要素的表现力。只要是平面设计作品，哪怕是再好的文字、图形等创意，最终都要面临一个如何安排版面的问题。这是一个相对独立的设计语言，版式设计就是在文字、图形等创意的基础上，选择和创造最佳组合和表现形式的视觉传达语言。

视觉传达与视觉美之间存在着一种辩证的关系，即有利于视觉传达的形式都是美的。因为爱美是人的天性，只有美才能为人们所接受。然而美的不一定是有利于视觉传达的。比如调和的色彩是一种美，但却缺乏视觉强度，因而并不一定有利于视觉传达的需要。版式的设计不仅仅是要求美，更要注重视觉传达的功能要求，要有较强的视觉冲击力，才能符合现代视觉传达“快速、准确、有力”的要求。

图 1-3

图 1-4

现代商业社会，受众对媒介的接受程度受到社会文化价值观、个人情感等多方面因素的影响。视觉作为感知的首要元素，要获得受众的认同和接受，关键在于视觉媒介能否引起受众的情感共鸣，是否能够快速、准确、有效地传达信息。版式设计是为这一最终目标服务的。好的版式，能够将各种信息有效地传达给受众，触动受众的情感，促成购买或引导其他行为。从视觉传达的意义上说，版式设计没有最好的，只有最适合的。

独特和个性是视觉传达的生命，因为视觉往往厌倦司空见惯的形式，而独特和具有个性的版式是创造的结果，能够最大限度地吸引人们的视线。但也正如某种语言要求，其基本的功能是准确有效地传达信息，艺术性要建立在功能要求的充分满足之上，否则，就失去其原有的意义了。

第三节　版式设计定位

版式设计的目的和任务是视觉信息传达。在设计过程中，设计师必须对传达内容、媒体特征、受众目标等进行必要的调查研究。在传播学上有一个5W的概念，即WHAT——传播什么、WHO——传播给谁、HOW——怎样传播、WHEN——什么时间、WHERE——什么地点。现代商业平面设计，必须贯彻整体营销策略。设计师的设计工作是整个营销计划中环环相扣不可分离的部分，它和其他营销环节相互影响和制约。在充分调研了解的基础上的设计才能更具目标性与准确性、有效性、时效性。一般来说，设计师在进行设计的前期，要做好下列的调研工作：

1. 对客户与产品的调研

主要包括以下三方面内容：

（1）企业文化。包括企业理念、企业形象（CIS）、企业发展史、规模实力、市场信誉等。

（2）产品特征。包括性能特点、原料来源、技术水平、价格档次、产品规格、营销计划等。

（3）产品文化。包括产品的文化意义、书刊所传达的精神内容。

2. 对客户、产品、书刊所处的市场情况的调研

主要包括产品的市场定位、市场占有率、书刊的发行率、同类产品或书刊的状况、竞争者的信息、销售发行渠道、销售或发行地区等。

3. 对目标消费者的调研

主要包括以下几个方面：

（1）人口参数。性别、年龄、收入、职业、文化程度等。

（2）地理参数。消费者居住地区、生活水平、传统风俗和文化等。

（3）个性参数。消费者的兴趣、价值观、文化水平、性格喜好等。

（4）购买行为参数。消费者的购买频率、购买动机、对价值与广告的敏感性、对品牌的信赖程度等。

4. 对传达媒体的调研

主要包括媒体传播特点、媒体的地域和领域特性、媒体的权威性和市场信誉、媒体的市场占有率、媒体的风格等。

（1）报纸的时间性强、信息传达迅速、更新速度快、可选择性强、灵活程度高，但有效时间短、读者面大而目标市场相对不确定、色彩效果差。

（2）杂志的分类明确、消费群较为明确、有效时间长、印刷效果精良。

（3）户外广告的发布周期长，且有重复强化视觉印象的功能，形态与造型多样，传播信息量有限而要求画面富有视觉冲击力，传达信息简明有力。

（4）DM、样本的信息量较大，表现充分，且以特定的个人或企业作为诉求对象，针对性强且直接，活动效率高且市场信息反馈直接，版式形式造型多样，可选择性强且印刷效果好。

（5）网页是交互性强的新媒体，具有动态特征，网络导航系统是版式设计的重要部分。

通过对上述几方面内容的调研可以使设计师更加明确设计的目的、内容和要求，分析归纳出诉求要点，作出版面风格、表现手法等方面的定位，从而满足传达策略的要求，有效地提高传达的识别性与认可度。

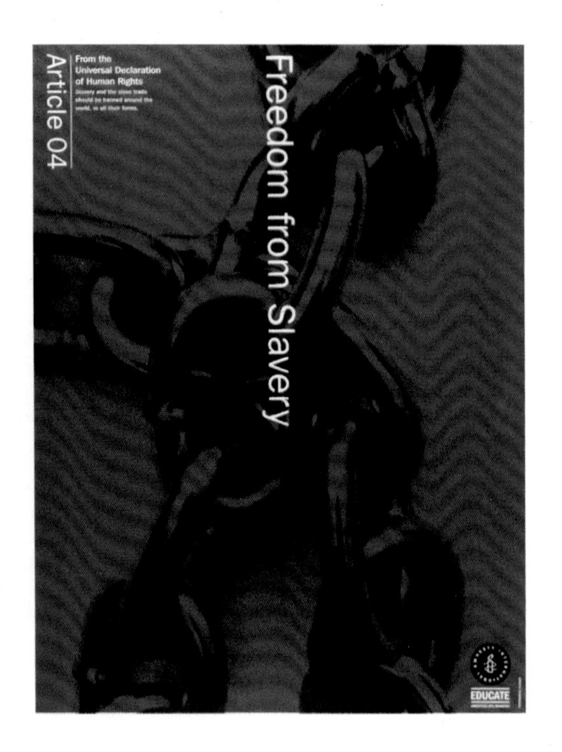

图 1-5

图 1-6

图 1-7

图 1-8

第四节　版式设计的学科基础

版式于平面设计就像构图对于绘画，是平面视觉传达设计的重要因素和手段。广告、装帧、包装等平面设计，都要经过编排才能表现成为作品。在设计学习中，版式设计是一门具有相对独立性的设计专业基础。平面设计学课程可以分为三个主要阶段：基础课程，包括素描、色彩、三大构成等；专业基础课程，包括字体设计、插画、图形设计、摄影、版式设计等；专业设计课程，包括包装、招贴、VI、广告、书籍装帧等。版式设计属于专业基础课程，在整个循序渐进的设计学习过程中，版式设计的学习是一个承前启后的重要阶段，对于今后的设计十分重要。

版式设计的学习，要在掌握各种设计要素的基础上进行，如图形形态、字体、平面构成规律，色彩基本原理，各种肌理的生成与组合规律等。版式设计正是在对形态、色彩、肌理、空间、动态等设计要素和构成要素认知和掌握的基础上，对这些要素的有规律的组合和编排，并充分发挥这些设计元素的表现可能性，整合表现形式与内容的关系，处理好版面的编排与构成。

版式设计的练习，可以从几何图形、字体的编排入手，逐渐丰富各种形态的变化和组合，色彩、肌理、空间的层次，逐步掌握各种视觉要素与构成要素的特征及其规律。

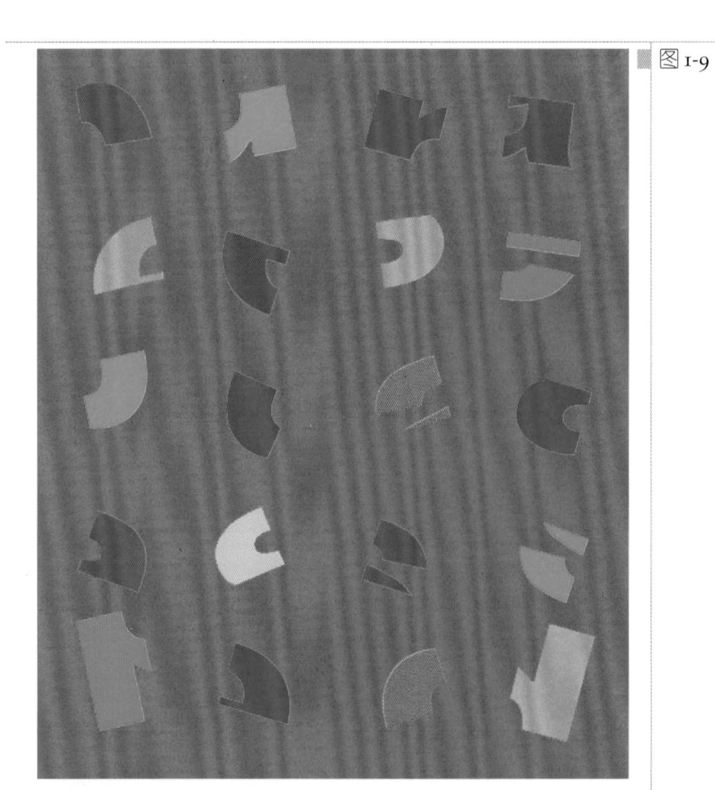

图1-9

我的字体平面设计-生
我的字体平面设计-死
我的字体平面设计-逢
离
我的字体平面设计-喜
我的字体平面设计-怒
我的字体平面设计-衰
我的字体平面设计-乐

图1-13

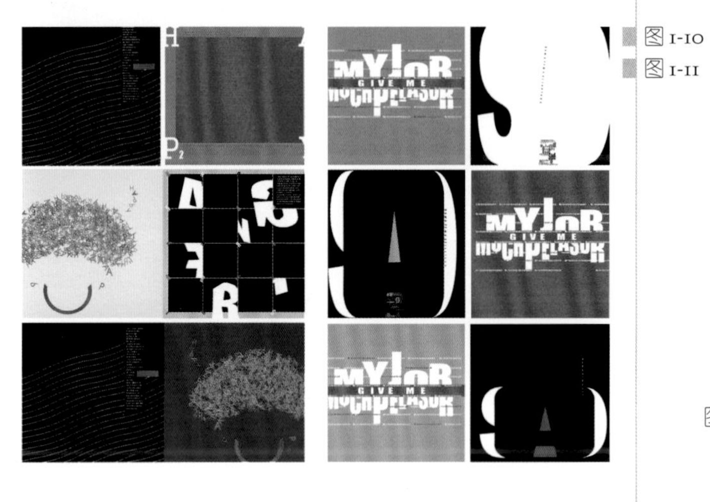

图1-10

图1-11

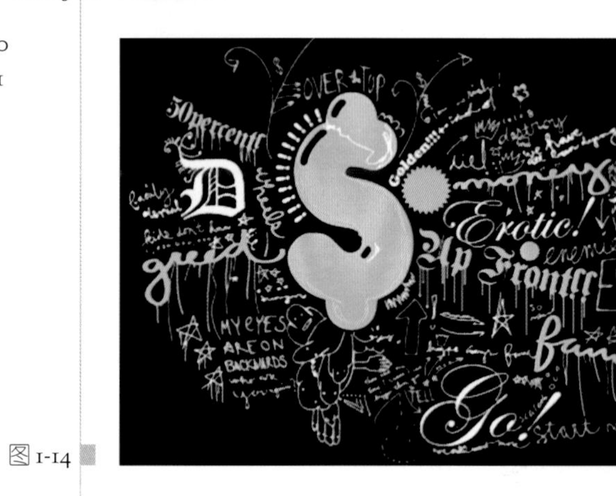

图1-14

图1-12

图1-15

图1-16

第二章 现代版式设计的发展

版式设计的历史悠久，且与印刷材料和技术密切相关。它与社会、文化、政治、经济等因素有极其密切的关系，与当时的社会意识形态有着直接的联系。时代精神、特定时代特定时间的特定文化和文化品味，都能在版式风格上反映出来。

第一节　版式设计的开端

人类早期文献的版式设计

版式设计的萌芽应当说从创造文字时就产生了。在人类早期文明的发展阶段，我们的祖先创造了各种形象的符号，并将这些符号涂抹或刻在各种材料上，也就产生了如何编排这些符号的意识，尽管这一意识在当时是非常朦胧的。这一时代的图文具有强烈的符号特征。也许是因为材料来之不易的原因，画面都尽可能排满图形和文字。

古代埃及出现了大量反映当时的政治、经济、宗教和文化的文献，这些文献书写在纸草上或刻在石碑上，运用横竖结合的平面布局，具有较自由的倾向。各种图形插入文字之中，色调变化精细有序，文字和图形相互辉映。整个版面编排错落有致，在对称中呈现一种变化，具有高度的装饰性。这些文献都没有统一的尺寸，不像现代人在书籍装帧中常用统一而有变化的版式设计方法。

中国是世界文明的发源地之一，中国古代的甲骨文和金文是世界上比较特殊的文字，既有象形的成分，也有会意、仿音等造字要素。汉字的笔画是造型的基础，笔画的处理对于中国古代版式观念的形成和发展影响巨大。与古埃及不同，中国早期的版式形态完全以文字为中心，图文完全分离，很少有插图与文字并存的例子。文字的排列也是千篇一律的从右上到左下，近4000年没有变化。

图2-1

图2-2

图2-3

图2-4

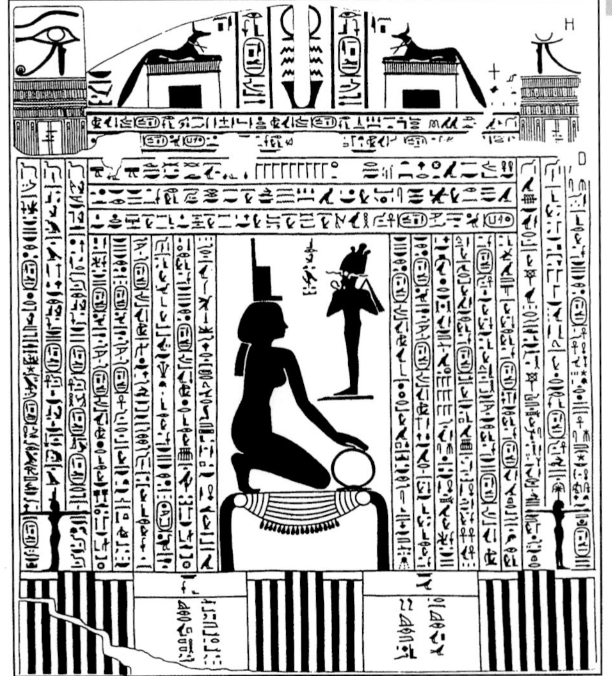

图2-5

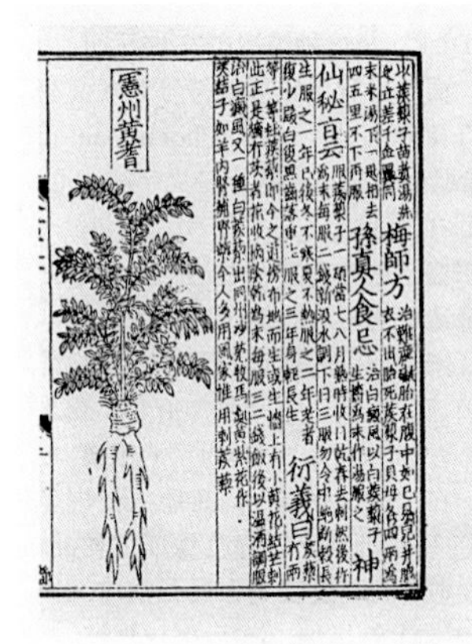

惠州黄耆

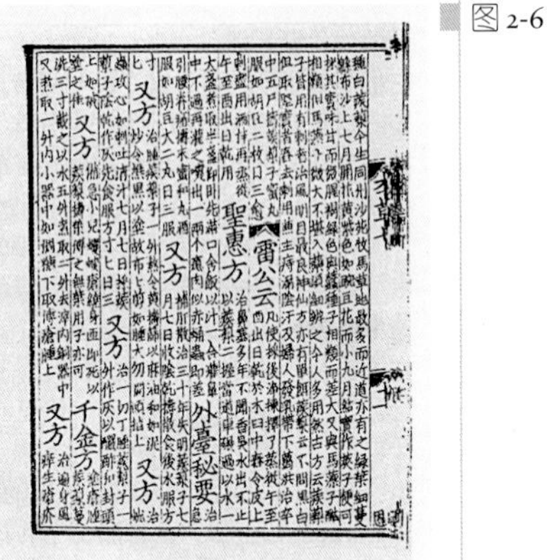

梅師方
孫眞人食忌
衍義曰
雷公云
聖惠方
外臺秘要
千金方

图2-6

中国古代的版式设计风格

中国对世界文明和文化的传播作出了重要的贡献。印刷术和造纸术的发明,使世界文明的存留和传播成为可能。中国早期的印刷是在石刻上的拓片印刷,时间可以上溯到秦汉时代。用墨涂于石刻上,覆以纸张,然后轻轻地拓印,这种方法迄今依然使用。唐代以来,普遍采用木版印刷佛经,木版印刷使印刷品的质量和效率有了很大提高,印刷也就在全国扩展开来。现存最早的印刷品是唐代的《金刚经》,印刷时间大约是公元868年。唐代以后直到清代末年中国的印刷都是木版印刷。现存的作于公元1249年的《本草》一书,图文并茂,虽没有标点符号,但是利用字体大小不同标明段落,非常清楚,简明扼要,木刻技术成熟,说明中国的印刷与版式设计已达到非常成熟的阶段。这种版式与中国封建时代的其他文化一样,长期处于一个基础稳定的形式中,变化缓慢,其中虽有突破,但突破的程度,充其量不过是改良型的。

中国古代的书籍设计由于纸张和印刷技术的原因形成了版面上的许多装饰线条。这些线条不仅分割画面,使图形和文字按照其功能组成画面,而且有着装饰画面的作用。书籍版式的设计从封面到扉页,从正文到插图,灵活多变,既保证了整体统一的感觉,又有内容和形式上的变化。如正文中既有标准的满页面的编排,也有留下特定的空白,让读者作批注。既有满页面的单页插图,也有将插图插入文字的编排。木版文字的刻制也形成了中文字体特定的装饰样式,形成了成熟的"正、草、隶、篆"以及近代的仿宋和黑体等字体。文字的从右上到左下的直排方式与西方书籍完全不同,形成了自己的独特风貌。古代中国的版式设计在成熟的木版印刷技术的帮助下已经相当成熟,而且具有自己独特的个性。

中国的近邻日本在浮世绘的木版印刷上也形成了自己的特色:版面结构多变,各种视觉要素对比强烈,在构图上采用大胆的版面分割,在形象和构图的装饰性处理上达到了较高的水平。中国和日本的木版印刷品后来流传到欧洲,对欧洲的文化产生了巨大的影响。

欧洲早期版式设计

西方文艺复兴以前漫长的中世纪,教会控制一切,文化和教育被禁止,欧洲文化的唯一中心就是教堂,体现文化的就是各种手工精美的宗教书籍。不少教士穷毕生精力,在修道院的地下室里一字一字地在羊皮纸上抄写宗教文书,工工整整,一丝不苟。这些手抄本广泛采用插图和字体的装饰,内文使用的羊皮纸染成深紫色,文字和图案用银色、金色或红色书写绘制。图案装饰华美,刻画细腻,运用了植物的曲线组合,形成了一种色调匀称的肌理。插图和文字不像中国的书籍那样界限分明,常常交叉在一起,但在色调上层次分明,风格相当华丽,只有少数贵族或教会才能享用。直到1450年德国人古腾堡发明完善了金属活字,出版业出现了较大发展,书籍才普遍出现。

德国这个时期重要的插图画家和书籍设计家阿伯里奇·丢勒(1471—1528)对平面设计艺术和绘画艺术作出了重大的贡献。1498年丢勒为《启示录》一书创作的15张木刻插图,描绘生动,线条丰富,黑白处理得当,构图紧凑,极其精美,成为当时德国艺术史上的经典代表作。在此之后,丢勒不断为书籍出版设计插图,书籍的内容这时也从单纯的宗教性发展到知识性和娱乐性。他为许多书籍进行的版式设计灵活而不失严谨。1525年,丢勒出版了自己用德文撰写的关于书籍设计的理论著作《运用尺度设计艺术的课程》,具体详细地讨论了把几何比例和几何图形运用到书籍设计和字体设计的问题。丢勒设计出自己的独特字体比例,采用笔画宽度和高度1 :10的比例,形成笔画粗壮有力的字体,并利用这个比例作为自己字体的基本模数,有非常鲜明的特色。丢勒的设计和论著使他成为德国乃至欧洲当时最重要的插图和平面设计家。

丢勒之后,德国涌现了一批包括他的学生汉斯·沙菲兰在内的书籍艺术家、插图艺术家、版面设计家。他们的书籍设计各具特色,特别是在版式的设计方面,日趋于功能化,同时又保持了高水平的艺术处理特点。书籍设计具有很强的插图风味,强调复杂的绘画表现,次丰富，运用不同外形的插图造成画面的变化。由于印刷技术的提高，字体也印得越来越精小。

图 2-7

图 2-8

文艺复兴推动了平面设计的繁荣。出现了意大利的威尼斯和佛罗伦萨，法国的巴黎和里昂，德国的纽伦堡，瑞士的巴塞尔等众多的印刷中心。与其他地方同时期出版的书籍不同，威尼斯出版的书籍中大量采用花卉、卷草图案装饰版面，文字外部全部用这类图案环绕，显得丰富典雅。法国的出版业虽然比不上意大利，但也出现了一批杰出的书籍设计家、平面设计家。如当时在书籍设计上创造高度典雅和华贵风格的乔佛雷·托利（1480—1533）和字体设计家克劳德·加拉蒙（1480—1561）就是非常杰出的代表人物。托利出版的书籍，插图精美，装饰讲究，大写字母装饰得体而大方。这些书籍成为法国早期最重要的印刷品，影响了后来法国的书籍设计、版式风格和插图，具有重要的意义。

欧洲的平面设计经文艺复兴的发展，在16世纪达到了非常奢华和极至的水平，17世纪的平面设计难以超过它的水平，反而在版面上出现了更加讲究实用和功能的特点。但到了18世纪，洛可可风格盛行，大量采用C形和S形曲线作为装饰，色彩柔和富丽，版面采用非对称的手法，装饰过度，在法国皇帝路易十五时期达到登峰造极的地步。但这一时期在字体方面还是有所突破，意大利人波多尼厌倦了洛可可风格的矫饰，依据古典罗马体设计出“现代”体例的一系列字体，被视为新罗马体。这种字体体系非常清晰典雅，比古典的罗马体更加具有良好的视觉传达功能，同时兼有典雅美观的特色，受到广泛欢迎，至今依然被广泛使用。同时，人们在版面编排上也提出了“三一律”，即一个版面上只运用三种以下的字体。

图 2-9

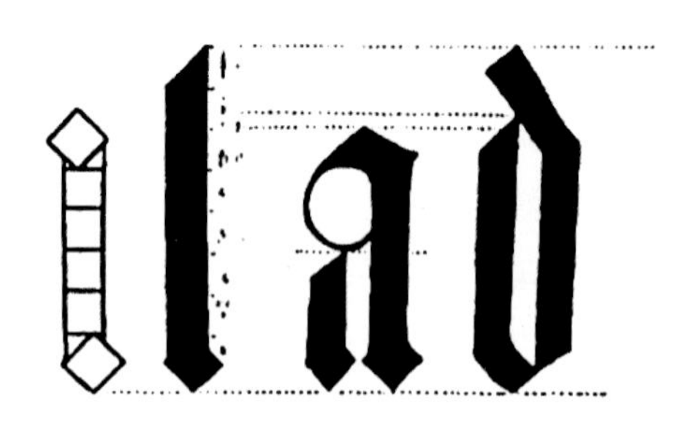

图 2-10

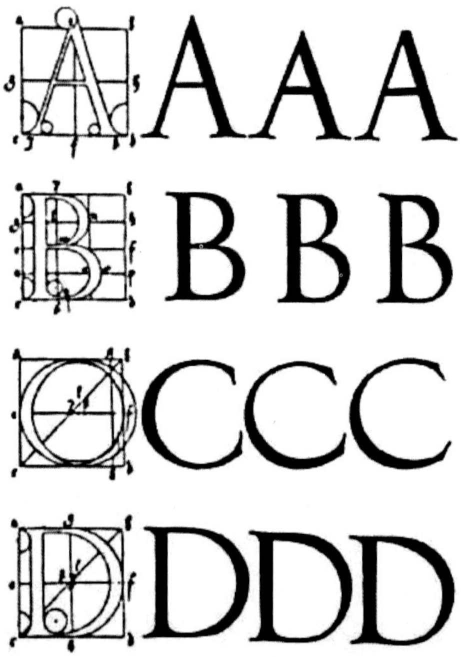

图 2-11

图 2-12

第二节　工业化对版式设计的影响

18世纪开始，欧洲逐步进入了工业革命时期。工业革命极大促进了生产力的发展，无论是印刷技术还是造纸技术都得到了极大的提高。西方资本主义生产力和经济技术的发展、国民素质的提高以及商业广告的普遍出现，使平面印刷品成为大众传播媒介。这一时代，机器印刷开始代替手工印刷，设计者和生产者开始分开，职业分工精细、专业。摄影技术的发明和发展，也极大影响了平面设计。欧洲在早期工业化过程中，分别出现了维多利亚风格、工艺美术运动和新艺术运动几个设计潮流。

维多利亚风格和工艺美术运动

维多利亚风格是由于生活安定，物质日益丰裕，社会上流阶层对美学价值的探索，对新形式、新艺术的研究和追求的反映。这种风格在设计上的最显著反映是推崇和流行中世纪歌德风格。维多利亚时期是富裕的发展时期，设计上矫揉造作，烦琐装饰，异国风气占了非常重要的地位。另一方面，在社会尚处于中下阶层的工业品生产却十分低劣。低劣的工业生产和上层社会烦琐的装饰风气造成设计水准急剧下降。英国和其他一些国家的设计家，希望能够从传统的设计和远东的设计风格中汲取某些可以借鉴的因素，企图通过复兴中世纪的手工艺传统，从自然形态中借鉴，从日本装饰和设计中找到改革的参考，来重新提高设计的品味，恢复英国传统的水准，因而出现了反对维多利亚风格的"工艺美术"运动。这批设计家们否定工业产品，否定工业化，提倡恢复中世纪的手工艺传统，企图躲避工业化在设计上的影响。因此，如果以历史的发展来看，工艺美术运动具有它的局限性和落后性。但是对于烦琐的维多利亚风格，它又是一个很大的进步。工艺美术运动的代表人物是艺术家、诗人威廉·莫里斯（1865—1911）。他的目的是复兴旧时代风格，中世纪、哥德式风格。他否定机械化、工业化风格和装饰过度的维多利亚风格，认为只有哥德式、中世纪风格的设计才是"诚挚"的设计艺术，其他的设计风格不是丑陋的就是矫揉造作的、不真实的。莫里斯在平面设计上的贡献非常突出，他依据对中世纪字体的分析，发展出自己的字体，称为"金体"。他为诗人乔叟的诗集所作的装帧设计，先后历时4年，采用黑色和红色双色印刷，将插图和各种植物花卉图案组成精美华丽的版面色调。

工艺美术运动影响了法国、德国、美国等西方国家的设计。在版式设计方面，形成比较典型的将文字和曲线花纹等结合在一起，将各种几何图形插入和分隔画面的方法。工艺美术运动对工业的否定并不能解决设计与工业技术之间的矛盾，由于其繁复的装饰，使观众在接受版面所需要传达的信息时造成了障碍。尽管其对于精致而合理化的设计追求于民族和手工业的设计生产有一定的正面意义，但是人们更需要合乎现代生产技术要求、更适合于时代的设计表达语言。

新艺术运动

新艺术运动是19世纪末20世纪初在欧洲各国和美国产生和发展的一次影响面相当大的装饰艺术运动。它的发展范围广，涉及国家多，设计范围宽，几乎波及了所有的设计领域，延续时间长达20多年。它在各国发起的动机相似，但并不是完全统一的风格，在各国有不同的称谓。如德国的新艺术运动被称为"青年风格"；在奥地利则以"维也纳分离派"著称；在斯堪的维亚各国，则称为"工艺美术运动"。新艺术运动和工艺美术运动一样是对矫饰过度的维多利亚风格的反对，都是对大工业化的强烈反映，都是以采用自然界的植物、动物为中心的装饰风格。但立足点和工艺美术运动有着根本的不同。新艺术运动主张创新，向自然学习，没有把任何一种传统风格作为自然发展的依据，在风格上强调装饰性、象征性，因早期采用大量的曲线组合而又有"面条风格"、"蚯蚓风格"的绰号。

图 2-13

图 2-14

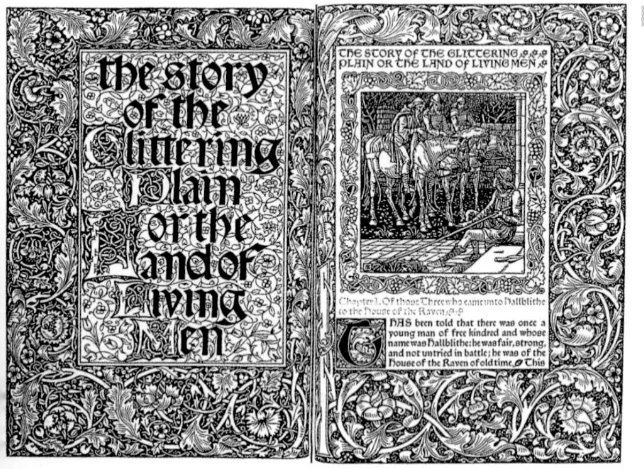

图 2-15

图 2-16

新艺术运动的平面设计以招贴广告和书籍设计为主，各国都出现了一批优秀的设计家。如法国的谢列特、劳德里克，英国的比亚兹莱、里克兹，美国的布莱德利，德国的贝伦斯等。劳德里克的设计采用简单几个层次的色彩，注重版面的平面化处理，强调大色块的对比和版面形象要素的戏剧化处理。英国的比亚兹莱所作的插图和封面设计达到了极高的水平。他在版面上采用黑白强烈对比，明快的色块，在色调的控制与空间的运用方面表现得非常精美，被认为是“才华横溢的天才”。新艺术运动后期苏格兰地区的“格拉斯哥四人派”将设计的象征性和装饰性结合为一体，并利用几何图形进行版面设计的整体化努力，特别是他们当中的马金托什（1868—1928)主张直线，主张简单的几何造型，讲究黑白等中性色彩计划，为机械化、批量化、工业化的形式奠定了可能的基础。可以说，马金托什是一个新艺术运动之类的手工艺现代主义运动的关键人物，在他以后的版式设计和形象处理日趋简单和几何化。这种倾向在奥地利分离派和德国的青年风格派设计运动中得到进一步的发展。

新艺术运动后期的设计家们已不再盲目拒绝大工业化，而转向于努力解决由于工业化所引起的现代技术和设计之间存在的矛盾，一改过去繁杂堂皇的风格，变得十分简洁单纯。版面上往往也就使用几种色彩。设计师们还常常运用几何曲线将字体进行装饰处理，并使用了一些十分简洁的字体。版面的满构图也日渐让位给均衡式构图。书籍设计的版心也越来越小，装饰图案日渐减少。版面的色调变得清新淡雅。这种风格也影响到了当时的中国和日本。当时中国许多书籍装帧设计及内部的插图，都显现出中西合璧的特点，设计者运用大面积的色块对比，简洁而有视觉冲击力。

新艺术运动不仅仅是一个形式上进行革新的设计运动，更重要的是它在设计观念上的更新，突破了对历史装饰和设计风格的依赖，而转向自然汲取设计的元素。虽然自然主义的风格没有能够为现代设计奠定发展的基础，但是，对于历史风格的大胆否定，却奠定了现代设计对于历史风格的扬弃这种方法的基础。从这个方面上看，新艺术运动在设计精神上的实质影响和贡献是不可忽视的。

Eine deutsche Schrift von Rudolf Koch geschnitten und herausgegeben von Gebr. Klingspor Offenbach a.M.

图 2-17

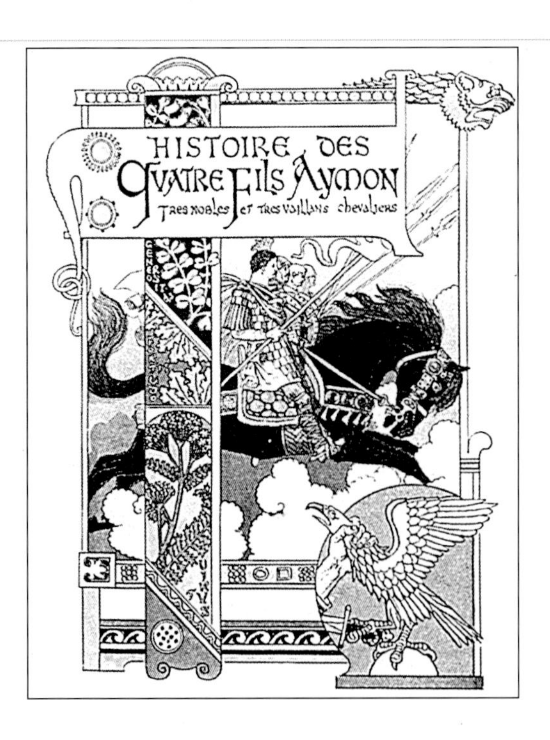

图 2-18

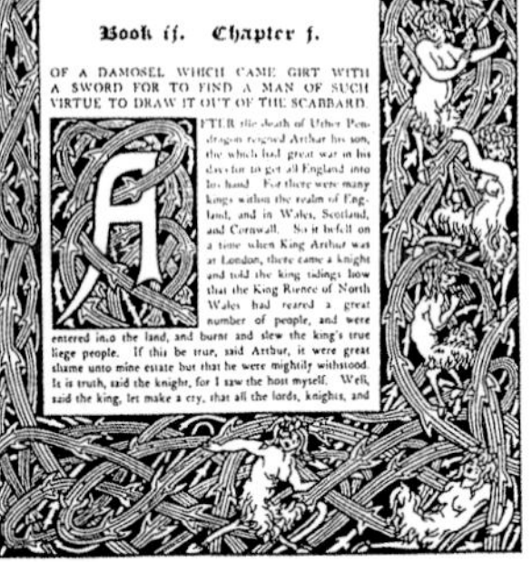

Book ii. Chapter i.

OF A DAMOSEL WHICH CAME GIRT WITH A SWORD FOR TO FIND A MAN OF SUCH VIRTUE TO DRAW IT OUT OF THE SCABBARD.

AFTER the death of Uther Pendragon reigned Arthur his son, the which had great war in his days for to get all England into his hand. For there were many kings within the realm of England, and in Wales, Scotland, and Cornwall. So it befell on a time when King Arthur was at London, there came a knight and told the king tidings how that the King Rience of North Wales had reared a great number of people, and were entered into the land, and burnt and slew the king's true liege people. If this be true, said Arthur, it were great shame unto mine estate but that he were mightily withstood. It is truth, said the knight, for I saw the host myself. Well, said the king, let make a cry, that all the lords, knights, and

图 2-19

图 2-20

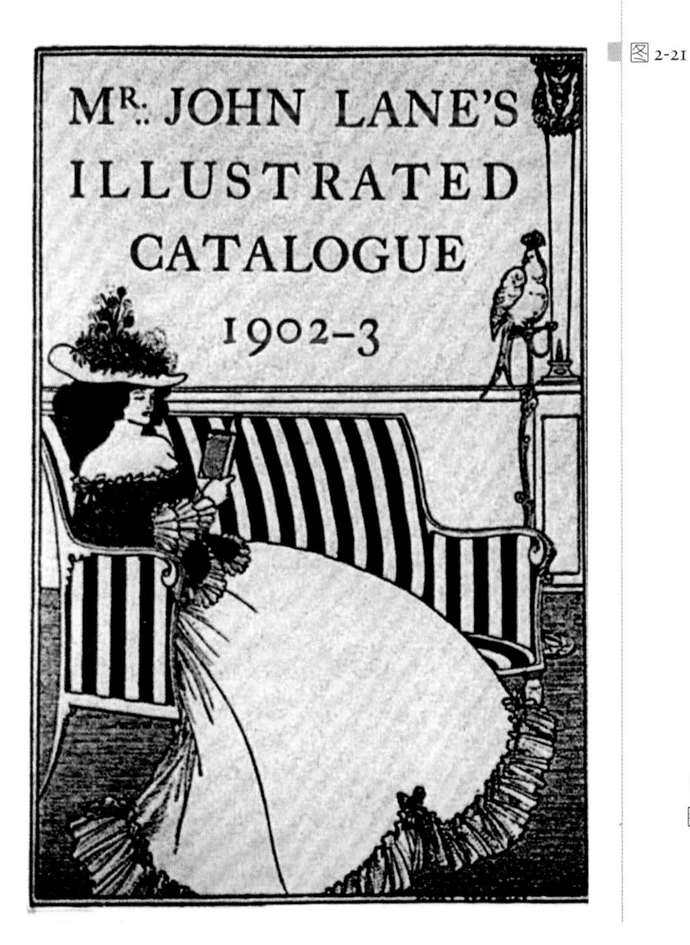

图 2-21

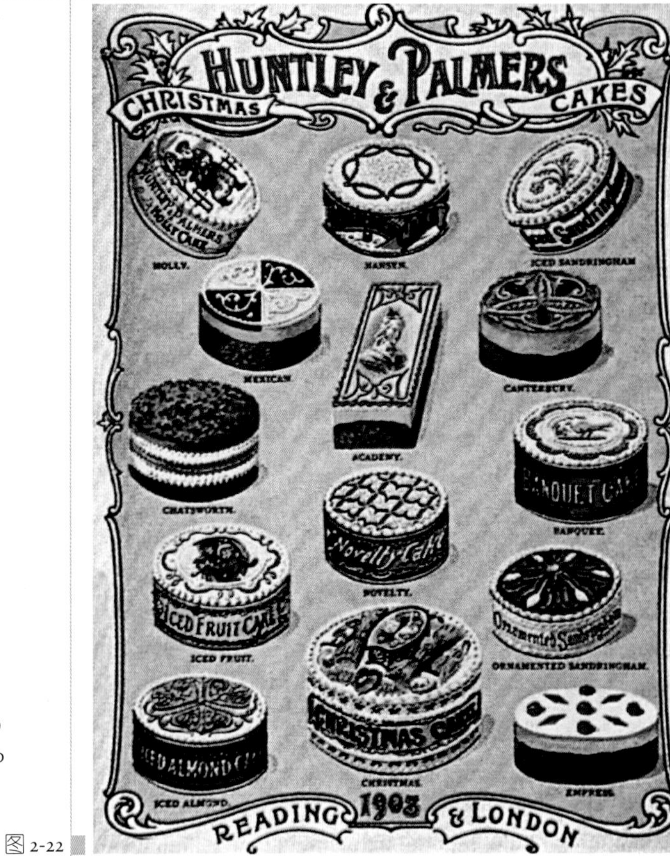

图 2-22

图 2-23

图 2-24

图 2-25
图 2-26

第三节　现代主义版式风格的形成

19 世纪之前的版式设计变化，仅仅是装饰上的变化，这是因为社会的经济基础是农业经济。这种经济基础的基本稳定反映在设计上也就成为简单的形式更迭了。19世纪工业化的急剧发展，经济基础彻底改变，设计上的变化也非常巨大，产生了影响 20 世纪人类物质文明的现代主义设计。可以说以往数千年的设计是一个逐渐的缓慢的过程，20 世纪的设计发展则是一个彻底的革命的飞跃过程。

此时的设计界面临的是两个问题：其一，在新的技术条件下如何面对新的传达媒介，如何形成新的设计体系、设计策略、设计观来解决社会需求和商业需求迫在眉睫的问题；其二，如何形成新的设计理论和原则，以使设计能够为广大的人们服务而非少数权贵的专利。面对这两个问题，世界各国的设计先驱们都努力地探索。为解决第一方面的问题，即现代的工业化的平面媒介设计问题，出现了现代平面设计体系；为解决第二方面的问题，即设计的社会功能问题，形成了现代平面设计思想。现代平面设计体系和现代平面设计思想是相辅相成的两个方面，一个是技术层面的，一个是思想层面的，相互联系和结合，形成了现代平面设计的总体。

各种艺术思潮对版式设计的影响

1900 年以来，欧洲的艺术思潮基本上可以分为两种类型，一种类型是强调艺术个人的表现，强调心理的真实写照和自我感觉，受佛洛伊德的试验心理学影响，从表现主义，到超现实主义，一直到二战后在美国发展起来的抽象表现主义，都属于这一类型；另一类则力图在形式上找到所谓“真实”，代表新时代的方式，立体主义、构成主义、荷兰的风格派，直到二战后在美国发展起来的大色域艺术、减少主义和光效益艺术等，属于这一类型的发展。还有一些艺术运动，是属于两者之间的，包含有两方面的内容，比如达达主义、未来主义等。这些众多的现代艺术运动，有不少对现代版式设计带来相当程度的影响，特别是形式风格上的影响。其中以立体主义的形体、未来主义的思想观念、达达主义的版面编排、超现实主义对于插图和版面的影响最大。它们或是在意识形态上提供了现代版式设计的营养，或是在形式上提供了改革的借鉴，对于现代版式设计总体来说，具有相当重要的促进作用。

未来主义风格影响下的版式设计强调自我、非理性，编排混乱，强调韵律和视觉的强烈，将版面、文字和图形作为一种游戏因素，进行非常随意的安排，不受任何固有原则限制。对这种风格倾向的版式设计

图 2-27

图 2-28

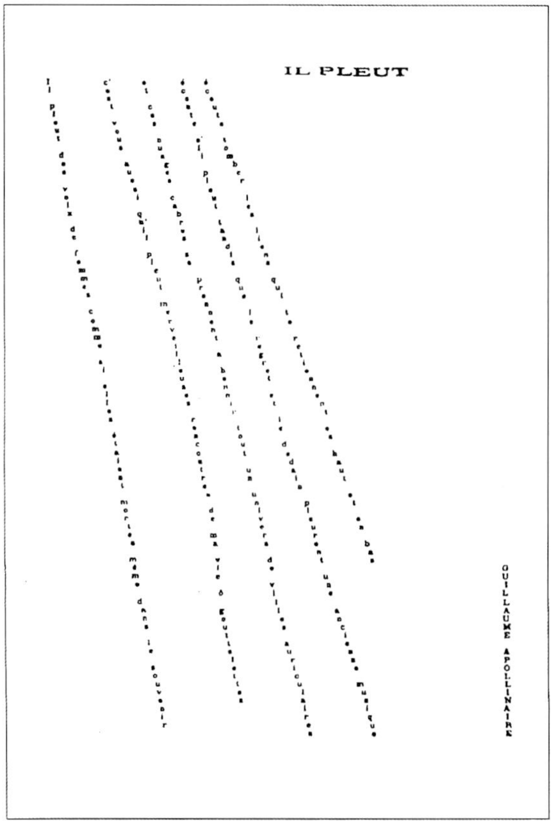

IL PLEUT

Il pleut des voix de femmes comme si elles étaient mortes même dans le souvenir

c'est vous aussi qu'il pleut merveilleuses rencontres de ma vie ô gouttelettes

et ces nuages cabrés se prennent à hennir tout un univers de villes auriculaires

écoute s'il pleut tandis que le regret et le dédain pleurent une ancienne musique

écoute tomber les liens qui te retiennent en haut et en bas

GUILLAUME APOLLINAIRE

图 2-29

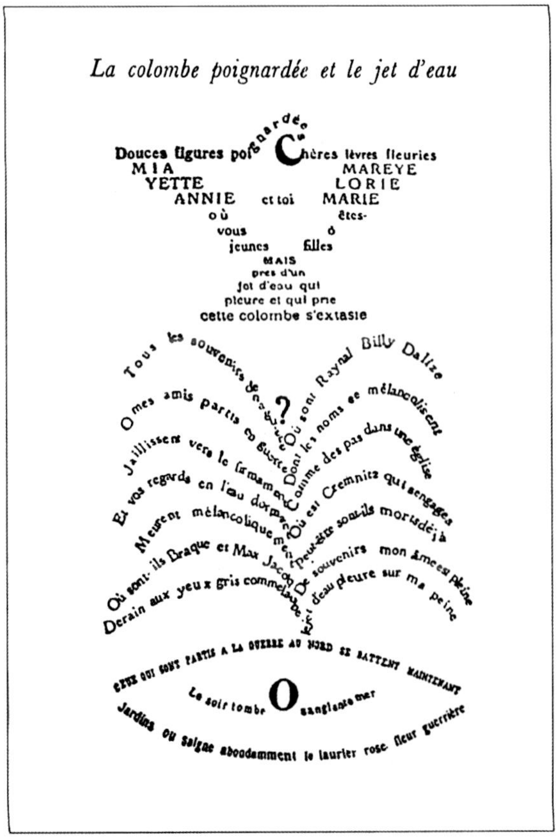

La colombe poignardée et le jet d'eau

Douces figures poignardées Chères lèvres fleuries
MIA MAREYE
YETTE LORIE
ANNIE et toi MARIE
où êtes-
vous ô
jeunes filles
MAIS
près d'un
jet d'eau qui
pleure et qui prie
cette colombe s'extasie

Tous les souvenirs de naguère
O mes amis partis en guerre
Jaillissent vers le firmament
Et vos regards en l'eau dormant
Meurent mélancoliquement
Où sont-ils Braque et Max Jacob
Derain aux yeux gris comme l'aube

Où sont Raynal Billy Dalize
Dont les noms se mélancolisent
Comme des pas dans une église
Où est Cremnitz qui s'engagea
Peut-être sont-ils morts déjà
De souvenirs mon âme est pleine
Le jet d'eau pleure sur ma peine

CEUX QUI SONT PARTIS A LA GUERRE AU NORD SE BATTENT MAINTENANT
Le soir tombe O sanglante mer
Jardins où saigne abondamment le laurier rose fleur guerrière

图 2-30

来说，重要的是文字、图形混排造成的韵律和节奏感，而不是文字所表达的实质意义。这种趋于反理性和规律的风格由于与传达内容的脱离，在现代主义平面设计风格形成后就基本被主流设计界否定了，但在 80 年代末由于电脑技术的出现和人们对于国际上这些主义单一风格的厌倦，又重新成为时尚。

达达主义在版面设计上的影响，与未来主义有相似之处。其中最大的影响在于利用拼贴方法设计版面，利用照片的摄影拼贴的方法来创作插图，以及版面编排的无规律化、自由化。达达主义对于传统的大胆突破，对于偶然性、机会性在艺术和设计中的强调，在平面设计上对于传统版式设计原则的突破，对后来的艺术和设计发展具有很大的影响作用。

立体主义是指对具体对象的分析、重新构造和综合处理的艺术思想。这个特征在某些国家得到进一步的发展。这种发展造成对平面结构的分析和组合，并且把这些组合规律化、体系化。强调纵横的结合规律，强调理性规律在表现“真实”中的关键作用。立体主义的这种探索可以说提供了现代平面设计的形式基础，在荷兰的“风格派”和俄国十月革命后的构成主义以及包豪斯设计学院中得到进一步的发展，成为后来早期现代主义的代表。

图 2-31

MARCEL LE BRAZ
Autour du monde à bord
PRÉFACE DE
PAUL CHACK
du
Croiseur
TOURVILLE
Avril 29 - Janvier 30

图 2-32

图2-33

图2-34

早期现代主义的版式设计

海报风格是欧洲在第一次世界大战前后出现的图画现代主义平面设计运动的一个重要组成部分，是德国的一个以海报设计为中心的平面设计运动。它在版面设计上的特点是利用当时艺术上出现的简单形式和象征特点，在海报设计和其他的平面设计上运用简单的图形、平涂的色彩、鲜明的文字来达到商业海报和其他商业平面设计的宣传目的。德国的这种平面设计的特点在一战期间得到较大的发展，当时轴心国的海报设计，基本上是以维也纳分离派风格和德国的伯恩哈特简明风格为主，标语简洁扼要，与非常简练的图形结合一体，具有强烈的视觉感染力。

与德国的海报风格相比，此时俄国在十月革命胜利之后开始了新的艺术探索，并发展为以后的俄国构成主义风格。这种风格，是立体主义和未来主义的综合，在版面的设计上，俄国的设计家们采用非常粗糙的纸张来表现新时代的艰苦精神，在编排上采用了未来主义杂乱无章的方法；采用简单的立体结构和解体结构的组合，以及采用鲜明、简单的色彩计划；采用简明扼要的纵横版面分割编排形式，字体全部是无装饰线体的。平面的构成元素往往只是简单的几何图形和纵横结构。

荷兰风格派平面设计主要体现在《风格》杂志的设计上。特点是高度理性，完全采用简单的纵横编排方式，字体完全使用无装饰线体。除了黑色块或者长方形外，基本没有其他装饰。直线方块组和文字基本构成了全部的视觉内容。在版面的编排上采用非对称方式，但是追求非对称之中的视觉平衡。1920年以后，荷兰风格派和俄国构成主义开始相结合，它们对于纯粹的直线的构造，追求均衡和理性的版式设计方法，成为日后现代主义版式设计风格的基础。

德国于1919年建立的国立包豪斯学院是欧洲现代主义集大成的核心。这所学院，经过10多年的发展，集中了20世纪初欧洲各国设计的新探索与试验成果，特别是对荷兰风格派运动、俄国构成主义运动和德国现代主义设计的成果，加以综合发展和逐步完善，使这个学院成为集欧洲现代主义设计运动精华的中心。它把欧洲的现代主义设计推到一个空前的高度。它在版式的设计上采用简单的版面编排风格，采用无装饰字体，并提出了对传达功能的重视。它认为平面设计的主要目的是准确的视觉传达，而不是陈旧的装饰，越简单的版面反而会达到越准确和有效的视觉传达目的。

俄国构成主义、荷兰的风格派和德国的包豪斯构成了现代主义设计的三大核心。它们对于传达功能的重视，根本上改变了版式设计的发展方向，改变了设计的实质考虑中心，奠定了现代设计的本质基础，开创了新的设计时代。

图2-35

图2-36

图 2-37

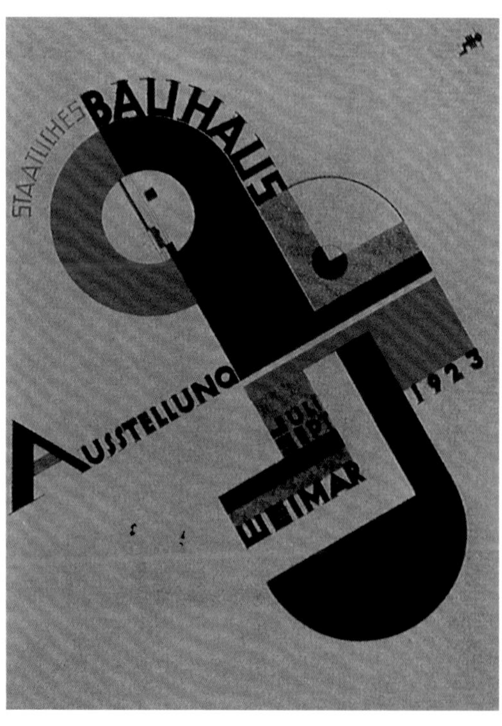

图 2-38

瑞士、美国的现代主义和二战后的国际主义设计

第二次世界大战的爆发，使得大批欧洲设计师逃往瑞士、美国，将最新的设计思想和技术带到了这两个国家，使这两个国家的平面设计得到了较大的发展，一度走到了世界平面设计的前沿。现代主义设计在这两个国家的进一步发展和完善，形成了两国的现代主义设计。其中瑞士的设计家创作了一大批在设计与印刷方面都相当完美的作品，并对版面中的骨格运用进行了全面的研究，形成了其特有的编排方法。

美国现代主义的版式设计汲取了欧洲现代主义的成果，完全放弃对称的编排，字体采用无装饰线体，大量采用摄影或鲜明的象征性图形，简明扼要，注重传达功能，并确立了所有的平面设计要素如色彩、对比、编排、字体等都是为了传达功能服务的高度功能主义的设计原则。一战后美国经济实力的增强和大量欧洲优秀设计师的加入，使它的设计一直处于世界领先水平。

二战后由于经济的发展要求和瑞士原来的现代主义设计基础，国际主义设计风格最先在瑞士形成。其在版式设计上的特点是力图通过简单的网格结构和近乎标准化的版面公式达到设计上的统一性。这种风格的版式设计往往采用方格网为基础，在方格网上的各种平面元素的排版方式基本是采用非对称的。无论是字体，还是插图、照片、标志等，都规范地安排在这个框架中，因而排版上往往出现简单的纵横结构。字体也采用简单明确的无饰线体。版面效果非常的公式化、标准化和规范化，具有简明而准确的视觉特点。这对于国际化的传达目的来说是非常有利的。美国的大型企业在 50 年代开始了它们的全球经济扩张和海外延伸，国际主义平面设计风格恰恰是在这个时候能满足他们需求的传达工具，能够把复杂庞大的视觉资料通过科学的体系转变为简明有序、通俗易懂的平面媒介。国际主义设计风格在美国得到高速的发展和极其广泛的运用。

国际主义设计风格可以说是现代主义设计在资本主义全球经济扩张中的体现，和现代主义是一脉相承的。在 50 年代左右，这种简单的方格版面编排和无饰线体的采用，除了它的强烈功能特征之外，还具有代表新时代的进步形式的特点。因而无论从功能还是形式上讲，国际主义设计风格都是 20 世纪的最具有代表性和影响力的平面设计风格，奠定了当代版面编排风格的基础。但是，国际主义风格的版式设计也具有刻板、缺乏人情味的视觉特征，流于程式化。国际主义风格强调功能，主张高度的秩序化，主张准确的视觉传达功能，造成高度的标准化和理性化的设计特点，因而自然有千篇一律的单调、缺乏个性和缺乏情调的设计特征。因此，在国际主义风格风行 20 多年后，由于消费者个人意识的发展甚至膨胀，其受到了诸多新的设计思想的挑战。

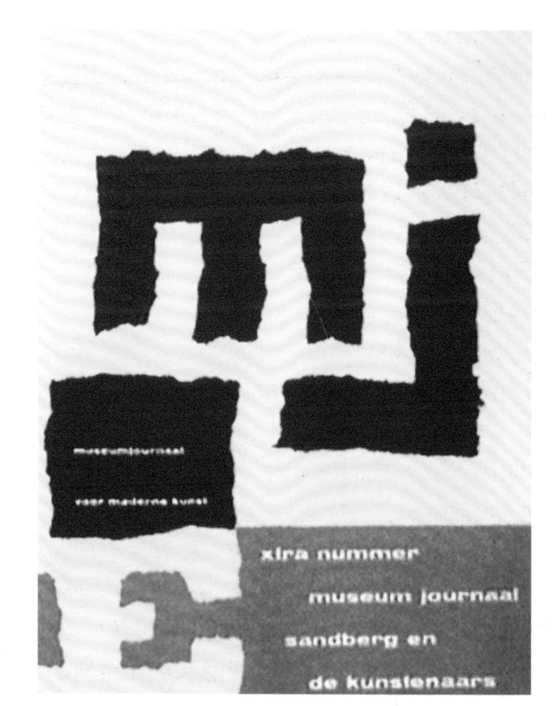

图 2-39

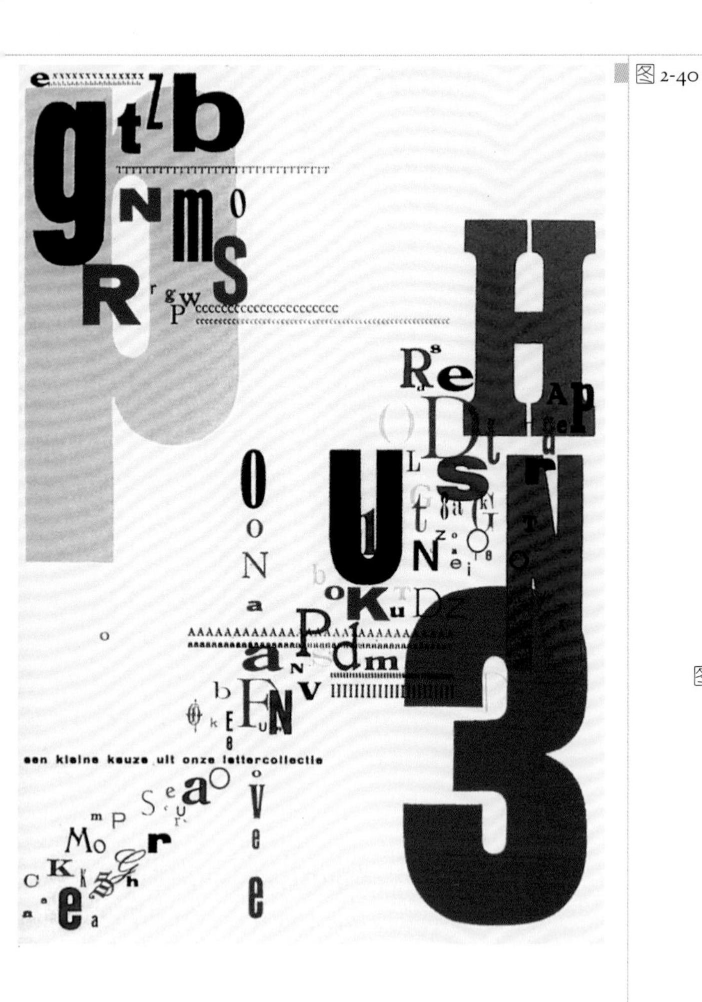

图 2-40

图 2-41

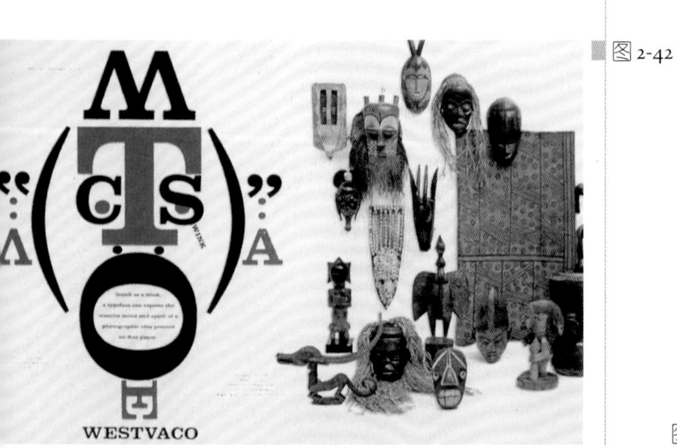

图 2-42

图 2-43

图 2-44

图 2-45

第四节　后现代主义版式设计

国际主义设计风行全球多年以后，人们逐步发现了国际主义设计的种种弊端：设计风格单一，缺乏个性、民族性和地域性。自20世纪60年代起，在当时社会的各种政治、思想和艺术潮流的影响下，人们以各种方式探索新的设计语言和方法。80年代以后，各种设计风格在世界各地涌现，“后现代主义”、“现代主义之后”是用得最多的两个词。后现代主义设计是从美国发展起来的，所谓后现代主义平面设计，其实是对现代主义的一个改良，方法上主要是把装饰的、民族的、地域性的内容加到设计上，使之成为平面设计的一个组成因素。它融合了60年代开始发展起来的后人文主义风格，加入了各种历史的动机。这种民族的、历史的、地域性的或人文主义的装饰动机，是后现代主义的重要因素和核心。后现代主义设计风格流派繁多纷杂，在此，我们仅举几个较具代表性的例子。

新浪潮平面设计

新浪潮设计是对现代主义设计的改革。设计师们在版式设计上仍然运用国际主义的字体和几何图形，依靠国际主义的基本构成布局，遵照基本的平面编排原则，但是对其构成的规则进行了大胆的改革，对字体、编排的纵横粗细进行了形式主义的加工，增加了平面的趣味性和韵味，形成了充满趣味和个人特色的新设计风格。如德国设计家魏纳特，他在瑞士期间的版式采用了非常简单的几何图形作为字体设计的基础，不采用装饰线，只是采用粗细长短不同以及版面编排上的构成主义特征来达到强烈的平面视觉效果。他对于设计的文字部分也进行了新的设计安排，认为没有必要把文字完全放在一起，文字部分也可以进行切割、打碎、分解、重组等加工，增加平面的趣味性，形成新的风格。他采用了设计制版的方法来进行这种类似解构的版面编排设计，无论字体、插图还是文章本身，都经过结构上的分解、重构设计，照片插图也进行了拼贴组合。他的设计因此充满了活跃、纷乱、生动的特点，与传统的国际主义大相径庭。

新浪潮的设计家们尝试探索了多种版面形式的可能性，达达主义的照片拼贴风格、功能主义、包豪斯的平面设计被作为装饰印刷使用，大量使用黑白和空白、疏密对比以及通过照相制版将设计好的版面进行变形、改良、歪曲处理，改变原来的刻板性，使作品更加五光十色、扑朔迷离。有些设计师依然使用标准的国际主义风格的版面网格作为基础，但是在具体的应用上都不受方格网格的局限，而是以内容的传达为中心，或者刻意表现出20年代的早期方格网格风格，以传达一种怀旧情绪。

孟菲斯风格和旧金山平面设计

孟菲斯设计风格表现了对通俗文化、大众文化、古代文化的认同立场，本末倒置地处理设计中的关系：功能往往从属于形式。对于他们这批意大利设计家们来说，设计的中心是形式主义的表现，而不是功能性的好

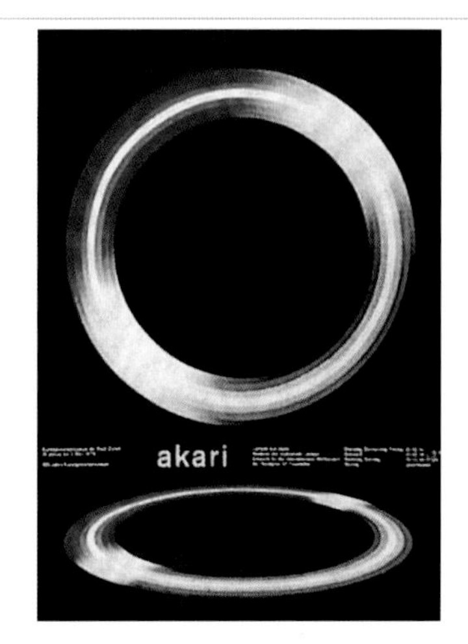

图2-46

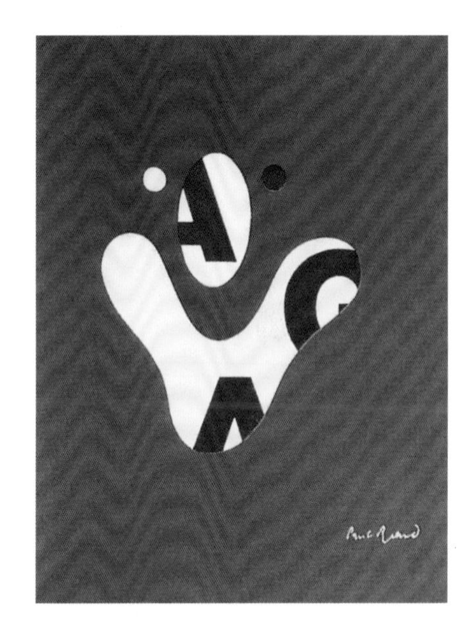
图2-47

图2-48

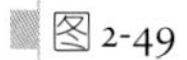

图 2-49

图 2-50

图 2-51

坏。他们在设计中大量采用了各种复杂、色彩艳俗的表面图案、纹样、肌理，设计形式上充满了不实际的幻想，浪漫的细节，往往流于艳俗。而这种艳俗的效果，正是他们追求的目的，以期通过这种方法对长期单调、乏味的国际主义风格进行矫正。他们依然采用现代主义的简单几何形式，但是加上丰富的历史装饰印刷、复杂的色彩计划，在现代主义、国际主义的方格网络上加上丰富的、装饰性的色彩处理，形成丰富多彩的新面貌。有些设计家甚至在版面设计上通过色彩的艳俗表现出一种个人艺术观点和文化观点的宣泄。

旧金山平面设计因为位于旧金山湾，因此也被称为“湾区”平面设计。这一风格的特点是把建筑元素融合到版式设计中来，对色彩、材料、肌理作出大胆狂放的设计和使用，并把象征性的几何图形赋予具体的内容。许多湾区的平面设计作品具有强烈的建筑预想图的特征。在这个前提下，他们对版面中具体使用的字体、装饰细节采用非常自由的方法，目的在于打破沉闷的理性主义设计限制。设计家们广泛采用了各种各样的字体，包括相当多的古典字体和旧体，同时也使用众多的传统装饰纹样来丰富平面效果，体现出强烈的装饰主义特征。

里特罗风格设计

细致的里特罗风格的特点是强调历史风格的复古，特别是对欧洲 20 世纪上半叶的平面设计风格的复兴，是以复古为核心装饰方式的纽约后现代主义平面设计运动。其成员大多是女性，她们努力探索 20 世纪初期的某些设计风格，包括属于新艺术运动的维也纳分离派设计风格，以及第一次世界大战和第二次世界大战期间这 20 年来的一些具有装饰特征的平面设计风格，在自己的设计中对这些风格加以发挥和运用。她们的设计，在色彩、平面编排、空间运用、平面肌理设计上都具有非常个人化和原始化的特征，完全放弃了国际主义平面设计的设计原则，而采用了比较自由的方法来处理版面。她们运用各种不同的字体混合、图案混合、字体大小距离不一的混合，比较讲究微妙变化的色彩细节，有意使用手工印刷的痕迹，达到复旧特点的新效果。对于她们来说，版面的编排目的不仅仅是为主题服务，其本身就是主题内容，版面编排本身就有主题性、描绘性、表现性。这也是一种将功能和形式倒置的手法，使版面出现了以前未具有的特殊效果。

里特罗设计风格，丰富了世界平面设计的面貌，许多已经早已为人忘却的字体经过里特罗风格设计家的推广，又重新被使用。比如“帝国体”、“伯恩哈特时髦体”、“哈克斯莱体”。越来越多的当代平面设计家借鉴里特罗风格设计来丰富自己的设计面貌，根据不同的主题来选择版面的不同风格，逐渐取代了国际主义千篇一律的方法，在 90 年代成为西方平面设计上的重要组成内容之一。

乡土风格和地方主义风格设计

乡土风格设计也是众多后现代主义设计中的一支，这些设计师们采用了现代主义艺术运动的重要部分之一的立体主义艺术构成主义元素，加上各种各样的乡土、民俗装饰艺术，如非洲原始艺术图案、印第安艺术等来充实自己的设计。

二战后的日本经济迅速发展，但日本的设计家们并没有对西方的设计亦步亦趋，而是在国际风格、流行的西方风格与日本的民族设计中找寻结合的可能性。日本民族的绘画、传统设计风格、文化观念、民族的色彩计划、审美立场、民族文字等，都能够得到保存和发展。日本平面设计品的版面，常常使用这些民族元素和装饰符号和构成主义结合，具有强烈的时代感和民族特色。

中国香港地区的平面设计也是一个非常成功的设计典范。中华民族的传统版式特征和现代设计语言非常成功地结合在一起，是一个把中华民族的文化元素和国际性的视觉传达语言、现代艺术的一些特征融为一体的典范。中国内地的现代平面设计起步较晚，但近年发展迅速，也出现了一大批优秀的设计家。他们的设计，体现了中华民族丰厚的文化沉淀和现代设计语言的完美结合。

第五节　电脑对版式设计的影响

80年代以来平面设计的最大变化因素就是电脑被广泛地应用到设计中来，特别是苹果电脑Maciwtosh系

图2-52

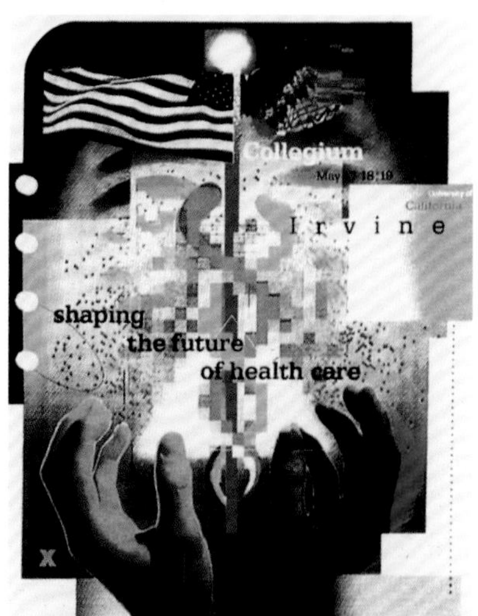

图2-53

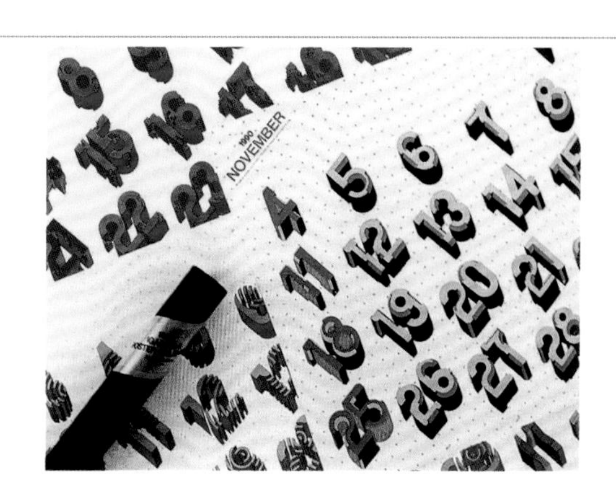

图2-54

图2-55

图2-56

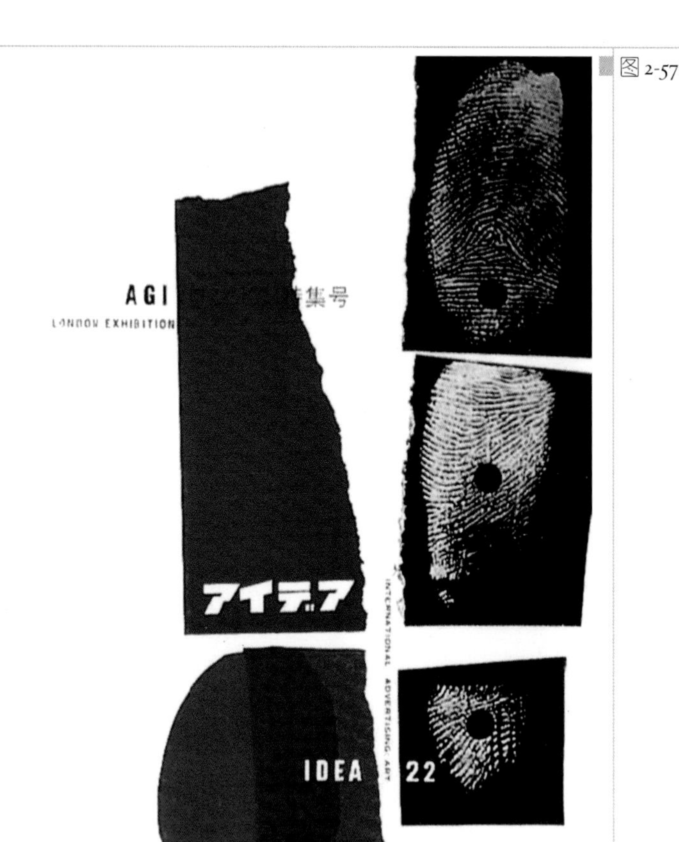

图 2-57

图 2-59

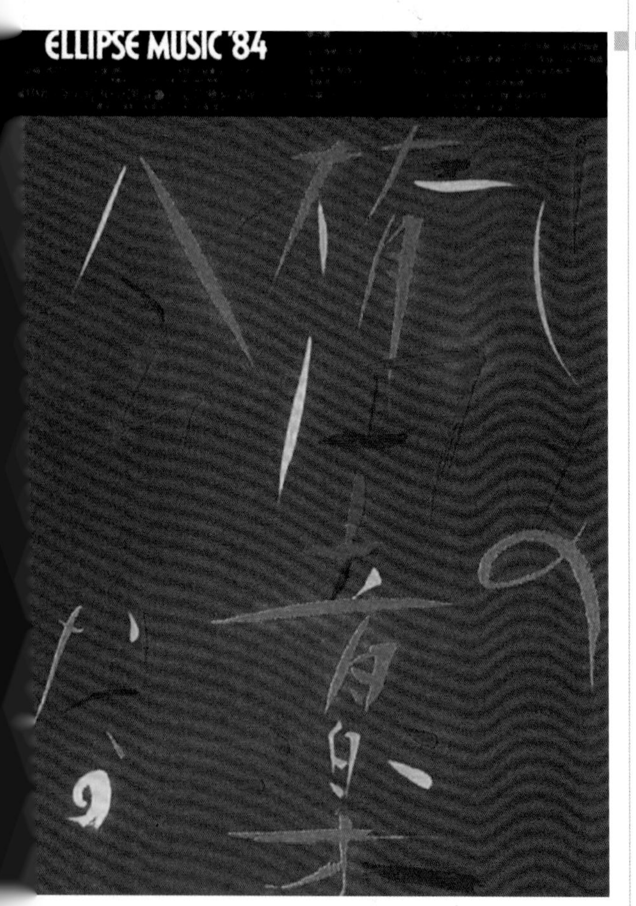

图 2-58

统和IBM个人电脑的开发和完善，使设计家们立即放弃了剪子、尺子、胶水，转而使用电脑。电脑可以存贮大规模的字体库，提供极为方便的版面编排软件、照片和文字处理软件，提供了完备的输入和输出系统。一方面，极大地方便了设计师的设计，通过电脑，设计师可以设计出手工无论是速度还是视觉表现都无法达到的效果；另一方面，电脑所见即所得、易于修改的优点恰好满足了现代商业社会对高效率工作的要求。因而，电脑现已成为设计师不可缺少的工具。

人们发现和创造了许多只有在电脑上才可能制作出的视觉效果，这逐渐成为一种风格，流行于设计的各个领域。电脑使平面视觉元素的结合有了更多的可能：形与形的过渡变得变化不定，层次与层次之间的关系变得更加丰富，画面的肌理和细节变得更为复杂。图形和图像可以通过各种工具进行原来难以想象的处理。在版面的制作上，可以帮助设计师快速建立各种网格系统和自由快捷地将图形文字填入其间。

版面设计在电脑技术发展的推动下得到很大的促进。电脑缩短了手工劳动时间，减少了劳动强度。多页面的版式设计似乎是毫不费力的事情。但正因如此，设计家们更要在设计观念上、使用技术的潜力上进行更深的探索，设计观念和创意显得日益重要。电脑毕竟是没有感情的工具，要使设计的作品具有人情的亲切感，除了在设计观念、创意上的重视外，某些手工痕迹也是不可缺少的。

电脑技术开创了一个崭新的天地，但是如何在这个天地中尽情发挥，将科技与人文意识传统元素和现代设计理念相结合，走出一条有民族特色的设计之路，关键还是靠设计师本身的素质和潜力。

图 2-60

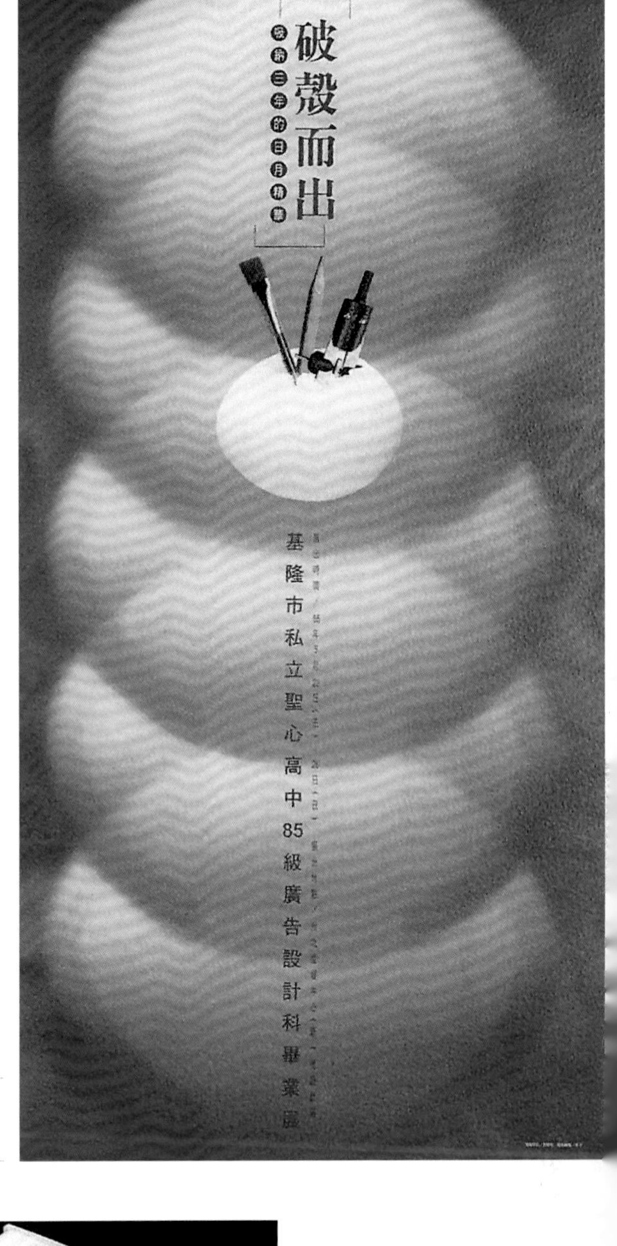

图 2-61

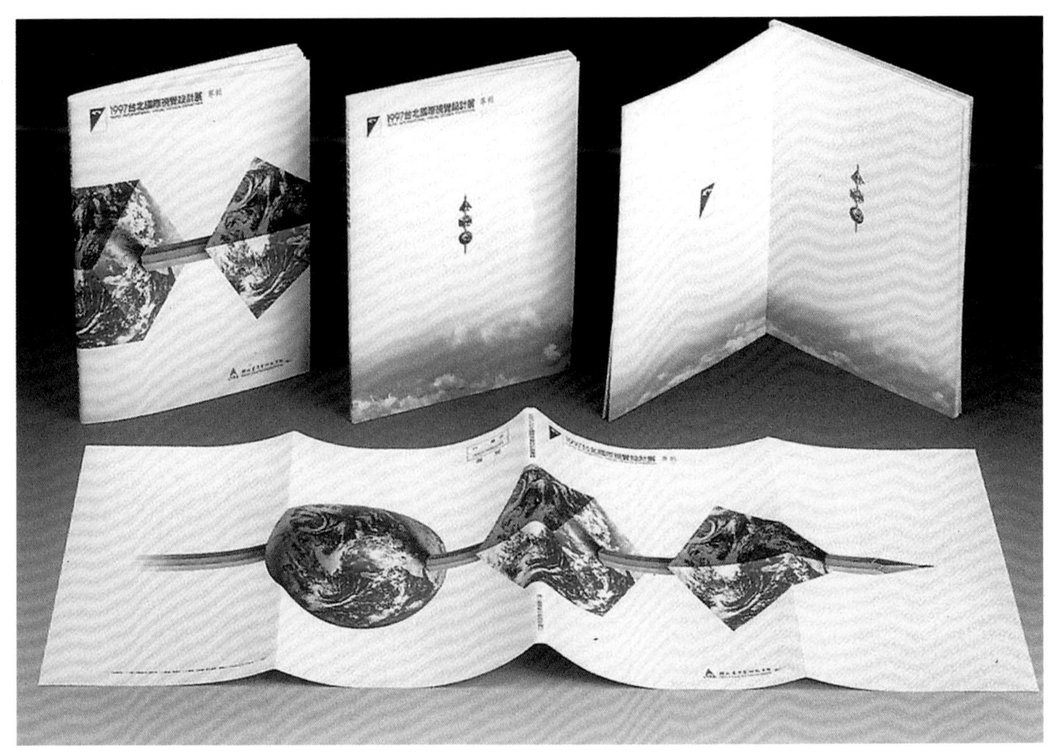

图 2-62

第三章 版式设计要素

版式设计要素，包括视觉元素和构成要素。版式的设计，就是运用平面构成规律，将图、文、色等视觉要素加以编排组合，充分满足视觉传达的功能要求和形成独特的平面个性。

第一节 版式的视觉要素

平面视觉传达设计的表现离不开文字、图形图像和色彩三大要素。版式设计就是将这三方面的要素进行创造性的组织安排。在符合商业整体营销战略的前提下，设计具有相对独立的创意空间和审美价值。设计师可以在文字、图形、色彩的任一元素上进行创意表现，从而形成版面的视觉特点。当创意和传达内容与受众兴趣品味相吻合时，就成为成功的设计。优秀的设计师都善于寻找到这一切入点。

一、文字

文字是版面不可缺少的因素。文字传达的信息是明确具体的信息，而不像图片那样需要暗示、呼应主题。经由视觉处理后的文字在版面中不仅具有阅读功能，同时具有审美功能，能够塑造版式的整体视觉风格。文字的编排和设计是版式设计非常重要的部分。

1．字体

字体是指文字的风格样式，不同的字体具有不同的风格特征。字体选择依据不同的传达需要而定，其选用的原则就是字体的风格要与版面的整体风格及主题内容相一致。如要表达传统的意义，宋体、仿宋、隶书就比较合适；表现现代感觉较强的视觉效果，等线体、黑体等简洁字体就比较适合；表现强烈、呼唤受众的注意时，综艺、大黑等笔画宽粗醒目的字体则比较适合。同一版面中的字体不要过多，只要二至三种就足以满足版面的要求。

不同字体的组合采用要注意避免风格上的相互抵触，要求既相互区别又相互协调。

印刷体

现代版式设计通常是直接调用电脑字库里的印刷字体。字库的种类很多，特别是英文字库种类较多。中文字库常用的有汉仪、方正、文鼎等字库。每个字库都由基本字体和特殊字体组成。黑体、 宋体是每个字库最基本的字体形式。黑体和宋体有很多的复体形式，并以字库的文种加变体名称作为字体命名。这些规范的印刷字体也经常在设计师进行字体设计的时候被作为新设计字体的模本，设计师往往会在这些现有的字体基础上针对其局部的笔画和间架结构进行一定程度的改换从而创造出新的文字样式。印刷体虽没有创意字体那么个性强烈，但其仍具有各自鲜明的视觉个性和时代特征。

中文印刷字体有传统样式的楷体、行书、隶书、仿宋、魏碑、舒体，过渡字体标宋、中宋、大宋、超宋，现代字体中黑、超黑、中等线、细等线等字体。

楷体　标宋　中等线

行楷　书宋　细等线

隶书　中宋　综艺体

仿宋　中黑

魏碑　超黑

舒体　圆体

TIME NEW ROMAN

ARIAL

宋体是古代刻书字体发展而来的最早的印刷体，其特点是横细竖粗，多修饰角，给人以雅致、大方、严肃的感觉。根据笔画的粗细分为粗宋、大宋、中宋等字体。在版面运用中，无论是标题还是大段的文字，宋体都比较适合。由于其古色典雅的特点，比较适合用于传统、历史特点的设计中。用于人文、时尚美的设计时，也会使人感到较好的精致美感和人文特性。

仿宋的字体修长，粗细均匀，起落有笔顿，具有书法字体的特征。秀丽雅致、笔画明晰但缺乏力度使它不适合于标题而较适合于段落文字，特别是竖排时效果更佳。

隶书、草书、魏碑、舒体等由书法、篆刻发展而来的传统字体，传统特征浓厚且有宽粗的笔画修饰，但识别性不强，不太适合段落文字使用，也不适合以现代产品、服务、理念为主题的设计。

黑体的横竖粗细笔画一致而且有较强视觉识别性，是现代设计中较为广泛采用的字体。其去除笔画两端稍粗而衍生出的笔画简洁的等线字体，是现代设计最为流行的字体。

等线体的笔画极为简洁，迎合了现代设计的审美趣味，没有任何笔画的粗细变化和修饰，干净利落，是现代设计采用最为广泛的字体。

超黑也是黑体衍生的字体，醒目、大方、男性化。由于其宽粗的笔画在缩小时看起来像一个个墨团，不适合于段落文字而较适合于标题。

圆体是港台设计师们设计出的一种字体，保留了黑体的字型饱满、方正、结构严谨的特点，在笔画两端和转折处进行圆角处理，圆润而有亲和力。

综艺体的笔画宽粗有力，字体稳重，刚中带柔，适合于标题，曾在商业设计中十分流行。但其厚重而略显呆板的特点在今天已不太采用，被等线体、黑变、倩体等主流字体取代。

倩体的笔画清秀，笔画转角处采取圆角的特别处理而较具亲和力，具有秀美的现代气息。

CASTLET

HANDELGOTHIC

COURIER

AVANTGARDE

图3-1

图3-2

英文的字体繁多，既有较多历史悠久的字体，也有较多现代字体。特别是现代电脑技术带来的设计便利，使英文的新字体频频出现，下面几种字体是现代设计中采用较为广泛的字体。

TIMS NEW ROMAN（罗马体） 横细竖粗的笔画与中文宋体相似，这种遗留下古代镌刻文字修饰痕迹的字体，在工业化时代得到进一步的简化，字体典雅、大方而且有手工美感。

ARIAL(线体) 横竖等宽，明快干净而无多余修饰，类似于中文的黑体。这种工业化时代出现的字体，给人现代工业设计的简洁美感。

CASTLET 混合了线体与罗马体的特点，笔画横细竖粗，无装饰线脚，简约明快，给人现代、清秀的感觉。

HANDELGOTHIC 笔画厚实，字体略扁，转角采用了圆角化处理，显现出稳重而可信赖的视觉特征，适合于标题字体。

COURIER 早期打字机使用的字体，具有怀旧、主观、感性的特质，在后现代主义设计中采用较多。

AVANTGARDE 等线体中较具代表性的字体，横竖等宽，无饰角，带有圆形轮廓结构的字母的圆形轮廓被处理为正圆形，较具现代感和活跃性，在段落文字和标题中都较适用。

除上述字体外，英文还有大量的字体字库，特别是90年代后电脑技术的迅速发展，字体设计软件被广泛应用到个人电脑中，大量优秀且个性鲜明的字体频频出现，数字化带来了字体设计的无限可能。

创意字体

印刷字体虽然种类较多，但仍无法满足设计师对视觉个性与风格多样化的追求。许多情况下，设计师需要对标题、品牌等文字进行特别的创意设计。这些经过创意设计的通常是图形化了的字体，常常作为广告语或者标题、品牌的专用字体，以醒目而且极富个性的形式出现，在作为文字进行特定信息传达的同时也具有了强烈的视觉个性。特别是商业品牌的字体，更要求品牌字体具有独特性、唯一性，使消费者在进行文字识别的同时感受到品牌的气质。这些经过创意设计的字体，作为版式元素运用在版式设计中，使作品版面更具独特不凡的气质。

创意字体的设计，可以对文字进行重构、装饰和组合等处理。

对字体进行重构，有用方、圆、三角等几何形态归纳文字的笔画外形和结构的概括处理法；有把文字整体或部分笔画设计成一定形象的形象法；有改变笔画之间的关系，或省略部分次要笔画的结构法；有用立体和空间的关系变换字体外形的空间处理法和利用偶然因素进行个性化设计的特异法等。

对字体进行装饰，可以利用图案图像等素材和虚实

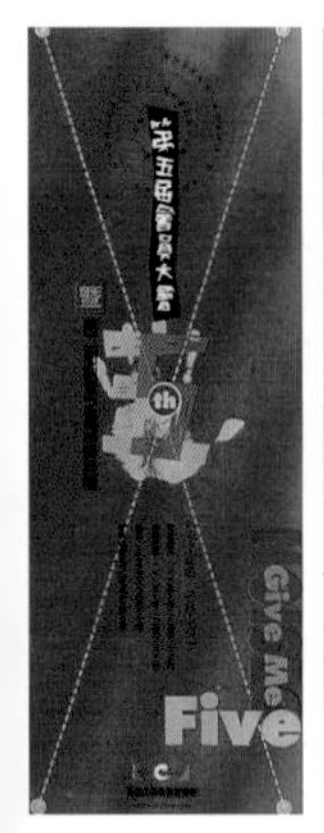

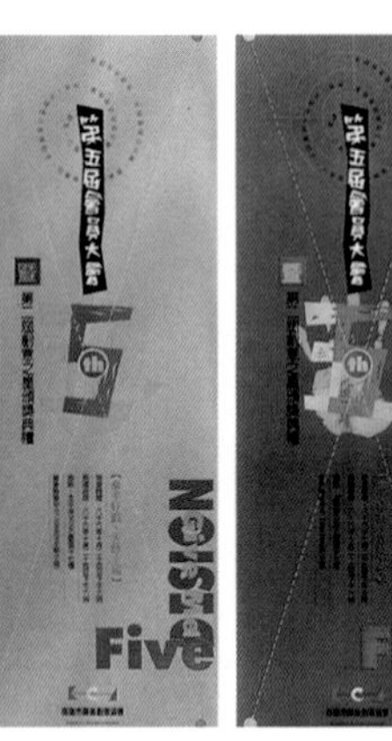

图3-3

空间关系对文字整体或局部进行装饰。

组合字体则是在单字设计的种种可能的基础上，对文字作组合化的装饰和处理，如文字笔画的同构，文字形象化的群组等。

2. 文字的编排

文字的编排有标题文字（含大小标题、引导语等）和正文段落文字的编排。标题和段落文字的编排要求是不同的，应注意二者之间的关系，字体选择的风格要协调，二者之间的呼应疏密、对比等关系也是要格外注意的。

标题文字

标题包括大小标题、引导语等。标题文字集中凝练地传达了版面的主要信息，能够把版面的主题直接明确地传达出来，因而一般来说都放在突出醒目的位置，而且字体的笔画也较段落文字稍粗或有一定的装饰。但有的图片图形甚至版面的空白面积就已经传达了丰富的信息或给人以联想，标题就不必太过于张扬。总之，标题在版面中的安排要视传达的需要而定，要充分考虑图、文、色等视觉元素的关系。版式设计的目的，就是要找到这些视觉元素的平衡和体现传达需要。字体、字号的选择，字距、文字的排式，标题、段落和图形的呼应，这些都是要认真地考虑的。

段落文字

段落文字编排，除要考虑字体和字号外，还要注意文字的字距和行距、文字的对齐方式和排式等。

字距和行距

文字的字距和行距对阅读功能的满足有着较大的关系。文字排列紧凑会使阅读加快，反之会使阅读舒缓。文字以点的形态式成线，线派成面，由此形成的版面构成关系是塑造形式感的重要手段。文字的字距和行距除满足阅读功能外，有时还要有一定的距离，满足一定的形式美感。

一般印刷品的段落文字每行字数不会太多，视实际情况需要每行文字控制在17～34个的范围内，中文字号在7～10号之间，英文字号在9～12号之间，每行长度63～163mm范围内就可以获得较好的阅读效果。字距一般是均匀的，但有时为了设计的需要，段落中的部分文字字距会被调整，如刻意地拉近或分散字距。但段落文字的字距过于拉近，会影响文字的可读性，产生不易辨别的负面效果，因而在设计上较少采用。而拉长字距，单个的字符回归到点的视觉状态，一行文字就像是一串散开的点所连成的虚线，由此形成的线会产生出精致、典雅的效果。设计师可以利用这些字符构成的虚线将版面中的其他视觉元素一并带入，使版面产生意外的形式效果。

一般的阅读要求行距略大于字号大小。紧凑的行距使段落文字在版面上呈现面的视觉特征，分散的行距则使段落文字在视觉整体上弱化而产生线的感觉。设计师要根据版面形式的需要确定文字的行距，或线或面的感觉，都可以形成较好的版面效果。

文字的对齐方式

版面的文字要经过规整排放才不至于凌乱。尤其对于包含大量文字或大小标题众多的版面，文字的对齐十分重要。对齐的文字，有助于将不同信息归组，同时与版面的图形图像一起形成版面的基本构架。

左右对齐是最常用的排列格式，大量地应用于段落文字的编排上，整齐划一的格式使版面清晰有序。

左边对齐可以使版面形式规范。这种对齐方式比较适宜阅读，阅读者可以很轻松地找到每行的开头而又能适应于行末的空格。

右边对齐由于每行起始部分的不规则而增加了阅读的精力，只适合于少量的文字。这种对齐方式的文字往往与图形图像形成视觉上的呼应而产生版面上某种特定的视觉效果。

中心对齐的方式多用于居中对称的版面，给人庄严、传统、肃穆、经典的感觉，往往和版面的中轴线一起形成版面的统一感。

自由排列方式打破了版面呆板的秩序，并能形成不同的新版面格局。这种排列方式感性而自由，轻松而富有韵味，活泼自由，但只适合于少量的文字和标题使用。

文字绕图的方式可以使文字和图像图形更好地形成较好的结合效果，使文字的排列生动有趣。

文字的排式

汉字的排式有横排和竖排两种基本方式，竖排是汉字的传统排式，在设计中使用能强化传统风格的诉求，突显传统的韵味。自由排式则给人活泼自由的感觉，但只适合少量文字。英文一般以横排为主，竖排不符合英文的书写方式和英语使用者的阅读习惯。除非是某种特殊的风格需求或者版式设计的特殊情况，否则英文是不采用竖排方式的。

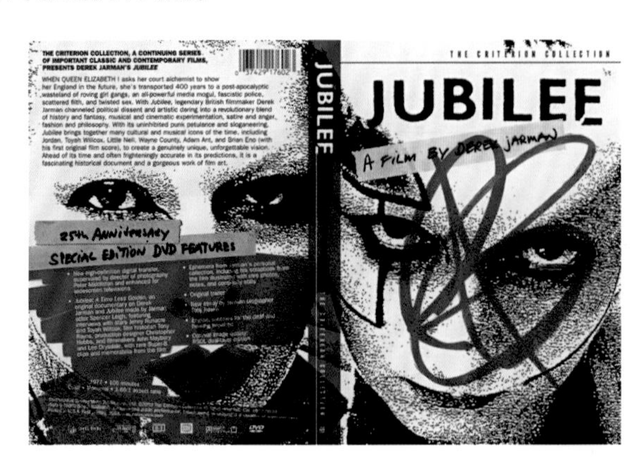

图3-4

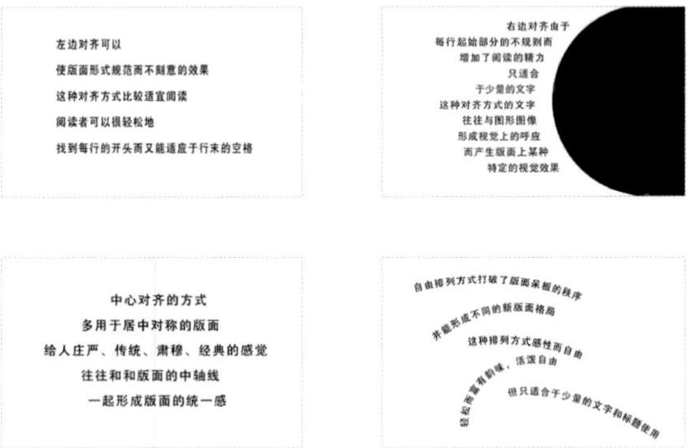

左边对齐可以
使版面形式规范而不刻意的效果
这种对齐方式比较适宜阅读
阅读者可以很轻松地
找到每行的开头而又能适应于行末的空格

中心对齐的方式
多用于居中对称的版面
给人庄严、传统、肃穆、经典的感觉
往往和和版面的中轴线
一起形成版面的统一感

自由排列方式打破了版面呆板的秩序
并能形成不同的新版面格局
这种排列方式感性而自由
轻松而富有韵味、活泼自由
但只适合于少量的文字和标题使用

图3-5

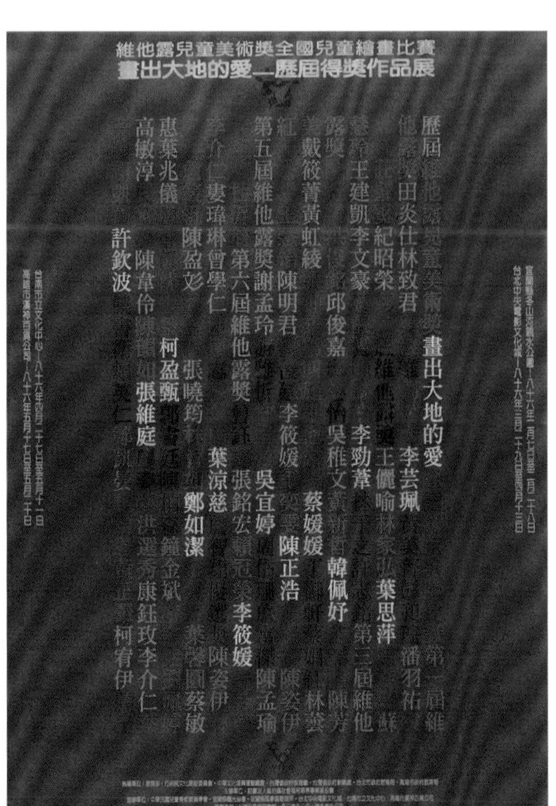

图3-6

HOW MANY PEOPLE DOES IT TAKE TO MAKE A CHANGE? ONE. VOTE.

AIGA American Institute of Graphic Arts
Communicating the Importance of Choice

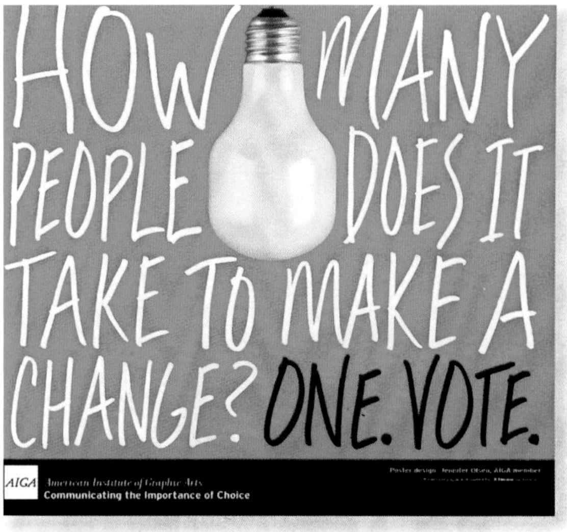

图3-7

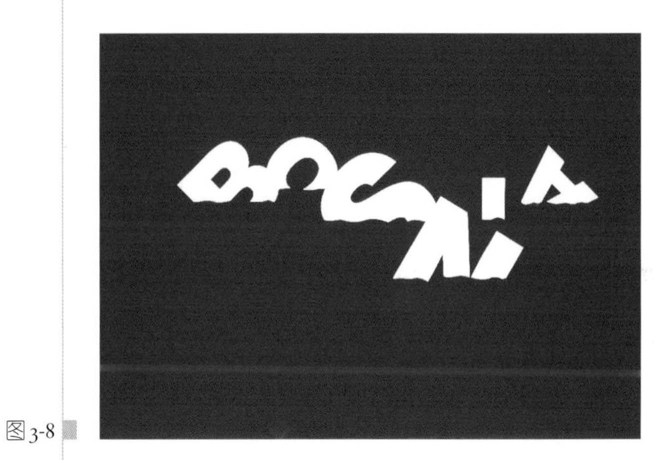

图3-8

图3-9

图3-10

图3-11

二、图形和图像

图形和图像具有直观表现的视觉特征，在人类的信息沟通中有着无可替代的地位。现代生活节奏的加快，也使人们在日常生活中越来越倾向于选择直观、形象的信息传达方式。图形图像由于其无可替代的视觉感染力，一直是平面视觉传达设计中重要的表现元素。

1. 图形

图形是版面的编排要素，是指在版面上有大小、色彩、肌理和外形等视觉特征，通过绘制等方法得来的，与照片、图像相对比的视觉形象。图形的概念内涵相当丰富，除了色彩和肌理等的变化外，图形可分为具象图形和抽象图形、有机图形和无机图形、单一的图形与组合的图形。图形的形态在一定的条件下可以相互转化——点可以转化为线，线可以转化为面，面又可以转化为点和线。

点

点是最基本的形，版面中的点必须是可视的，可以是一个字符，或一块色彩，一张小小的图片或图形，可以是任何一种形态的呈现。点和线、面在视觉上有区别而又可以相互转化。点与线、面等视觉元素的组合，在版面设计中起到平衡版面轻重、填补版面空间、点缀和活跃版面气氛乃至塑造版面的作用，点也可以组合起来，形成视觉肌理要素，衬托版面主体。

线

线是点的发展和延伸。线的风格在版面中是多样的，直线、曲线、折线等都具有不同的风格。由文字构成的线，往往在版面中占据着主要位置，是设计处理的主要对象。线可以构成多种装饰要素，起着界定、分隔版面空间和形象轮廓的作用。线还对版式风格的倾向起着十分重要的作用。线在版面中的影响力大于点，其要求占据更大的视觉空间。它们的延伸和走向带来某种动势，活跃了版面的气氛。线可以串联版面各种视觉要素，使之形成一个有机统一的视觉整体，也可以分割版面的空间和层次，使版面丰富而充满动感，还可以稳定版面的结构。

面

面是线的发展和延伸，是视觉形态中最为丰富的元素。它包含了点和线元素，其变化表现为形状、色彩、肌理等方面的变化。面的形状和边缘对面的性质有着很大的影响，决定着面的性格特征，并影响到面是否与其他视觉元素在版面中相互协调和融合。在视觉基本形态中，面的影响力最大，在版面和版式中的作用也是举足轻重的。

具象形和抽象形

具象形是以写实的形态出现的，抽象形则是以凝练和概括的形态出现。二者没有绝对的界限。具象形的局部可以变为抽象形，抽象形的整体可以形成具象形。具象形具有较强的亲和力，抽象形则富于现代感。具象形对版面主题的表现较为直观和感性，抽象形则常常通过隐喻或联想来表达版面主题。

图3-12

图3-13

形与形的组合

在版面中，形的呈现往往不是单一的，常常以组合的形式出现。这就有了一个形与形之间的相互关系的问题。形与形的组合有重叠、透叠、合并等方式。可以形成单一的平面的组合，也可以形成复合的多层次的具有空间深度的组合。形的组合，是版面结构的一个重要层次，是形象思维赖以存在的基础。

形的对比、呼应、重复和变化

版面中的形与形之间总是以对比而又统一的方式呈现在人们面前的，它们之间的对比、呼应、重复和变化以及由此产生的节奏和韵律形成了版式的基本格调，丰富了视觉语言的表现力。

图3-14

2. 图像

图像、照片在现代平面设计中被广泛使用。图像图片以其直观性的真实感使受众对其传达的内容产生兴趣甚至信赖感。但设计并非是简单的照片重现。除了那些专门为广告而精心制作的商业摄影外，更多的情况是要用PHOTOSHOP对图片作处理。根据传达内容和版式的需要，可以有虚实、退底、局部特写、合成、色调转换等处理，使图像与版面整体更为协调，给人以丰富的联想，激发受众的想象力。

退底

退底是将照片形象外的不必要背景去除，使主体形象更加醒目突出。退底后的照片较易和版面中的色块、图形、文字组合构成，形成协调、整体的版面效果。

合成

合成是将多个形象经过大小、虚实、强弱以及色调等各种视觉处理方法合成为统一、协调的整体。合成的图像，能呈现超现实的感觉或抽象的技术美感。

图3-15

图3-16

打散重构

将完整的摄影图片进行裁剪和打散，再以设计的角度重新进行组合，能带来破碎、重叠、不稳定的视觉感觉。在受众浏览画面的时候，破碎的图片信息会被视觉下意识地重新规整为整体，这时，版面形象被赋予了新的形式感而具有强烈的视觉冲击力。

色调转换

PHOTOSHOP的色彩处理功能，可以让设计师随心所欲地对图像色调进行色度、彩度、明度、纯度、冷暖上的处理，可以调动色彩的一切可能性，创造性地制作出单色、双色、非常规彩度的画面效果。

虚实处理

对图像进行视觉上的虚实处理可以使版面主次更为明确。虚化的图像部分不仅去除了多余的视觉干扰，而且还能给人更多的想象余地，也更易与文字编排组合形成完整的版面。

局部特写

有时精彩的照片局部比照片整体更具形式美感，也能给受众带来更加丰富的联想而更具视觉感染力。

质感与特效

对图像作质感或特效处理不仅可以弥补原始图片质量的不足，而且可以诱发不同的视觉联想，创造新的视觉形式。PHOTOSHOP强大的滤镜功能更是让设计师可以创造出无限的视觉效果，但要注意的是质感的特效的处理应根据设计整体创意而定，不要简单地卖弄电脑技巧。

三、色彩

色彩是对人们的心理影响比较直接和强烈的因素，具有感性的识别特性，是平面设计中十分重要的设计要素。我们在色彩构成等方面的课程中已有系统的学习，现在此仅作简单的介绍。

1. 色彩的基本特性

色彩具有色相、纯度、明度等方面的基本特性，还具有其心理和象征方面的基本意味。

色相是指色彩的相貌，红、橙、黄、绿、青、蓝、紫等颜色都是不同的色相。不同的色相能激发受众对事物不同的联想与心理感受。

明度是指色彩的明暗深浅程度，明度的变化也能给受众带来对版面不同的心理感受。

纯度又称为饱和度，是指颜色的纯净程度。高纯度的色彩给人醒目、单纯的感觉，低纯度的色彩给人含蓄、细腻的感觉。

色彩经色相、明度、纯度几方面的组合变化，种类非常丰富，不同的色彩给人不同的心理感受。许多色彩都有其特定的象征意义，如红色象征激情、斗争，绿色象征青春和生命、环保等，这些色彩的特性，在设计中都是要注意的。

2. 版式设计色彩运用

版式色彩一般由多色构成。为获得整体协调的效果，避免色彩混乱，增强视觉感染力，一般会根据视觉传达的需要选择一种支配性的主色，在此基础上可以进行其他次要色彩的丰富和衬托。

主色

主色是指支配性的颜色，其确定前应根据版式的设计定位确定传达的诉求点，合理利用色彩的知觉刺激和心理效应，使色彩形象与诉求内容得到较好的统一。如品牌的传达有其专用色，行业有其代表色，各民族有其喜好色彩。相同的传达内容，在不同的时间、地域和受众之间色彩运用有不同的要求。这些色彩规律对版面主色的确定是十分重要的。主色的确定适当，可以使设计传达更具有效性和准确性，也较具感染力。

复色

版面的色彩除主色外，还要有适当的对比变化，同一版式的不同版面，色彩也可以有不同的变化。许多商品品牌的识别色彩都是一组复色。复色的使用，通过冷暖、明暗、纯度等对比，避免视觉的单调，产生视觉色彩的层次美。但版面色彩的主调复色不宜过多，一般不要超过三套色。在版式设计中，除常规色彩外，金、银、黑、白、灰这几种颜色能起到良好的调和作用。

图3-17

图3-18

图3-19

第二节　版式的构成要素

版面的构成要素，实际上是平面构成规律在版面中的具体运用。与平面构成规律一样，版面构成有空间、群组、层次、对比、统一、重复、渐变、比例、骨格等规律。我们不仅仅要知道这些规律，而且应在实践中多练习，才能实际掌握和运用这些规律。

空间

空间是平面设计的区域范围，设计者将设计内容编排于其间。版面的空间处理，要格外注意其疏密对比与均衡关系。设计版面绝不是简单的图文平铺叠放，除了各种视觉元素，空白的区域也是非常重要的设计内容。好的设计版面空间的规划相当重要。

空间的分隔是空间处理的首要环节。通过空间的分隔，可以将各种意义上、功能上不同的信息有序组合和分割。对空间的分隔，可以是理性的模数化的，也可以依据设计者自身的感觉进行感性的分隔。

群组

版式设计不可能只运用一个视觉元素。各种视觉元素出现在版面中，它们的关系首先就是群的关系。这种将要素群组织起来的意义是非常复杂而又必要的：有要素在视觉强度上的组合，如强弱、疏密；有空间关系上的组合，如均衡、对称；有造型形态上的组合，如连接、复叠、透叠等；有色彩、肌理方面上的群组，如调和、对比等；有综合性要素的群关系，如对比、统一等。

层次

层次是更高层次的群组关系。在版面中的各种视觉元素由于色调、肌理和大小形状等因素，在视觉上相互接近或相互分离，形成一组组的群体组织，这些群体组织依据视觉强度的不同分为若干层次。版面中的层次划分，可以使版面更清晰、有条理，同时在视觉上更具表现力。这些层次的组成，可以是图像图形，也可以是文字和色块。层次划分的好坏，直接反映了设计者版面编排的能力。

对比

对比不仅可以使设计具有视觉吸引力，同时也是帮助传递设计理念的重要手段。对比的运用可以分清版面的主次关系，引导受众注意版面主要信息。对比有形态对比、大小对比、动势对比、色彩对比、肌理对比等。

统一

统一是指各种视觉元素在版面中的协调。各种视觉元素在形状、色彩、肌理上是多变的，但最后都必须以协调整体的视觉形态出现。

均衡

均衡就是将文字图形按照其形状的大小、多少、色调与肌理的明暗、轻重等关系在平面上均衡地进行布局。通过协调版面各要素在主次强弱的差异关系，来取得视觉的美感。这是一种在不平衡中求得平衡，将视觉元素组织得井然有序的设计方法。

图3-20

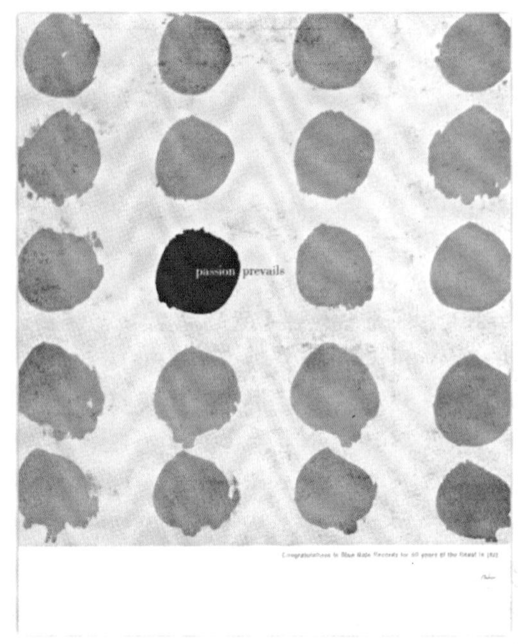

图3-21

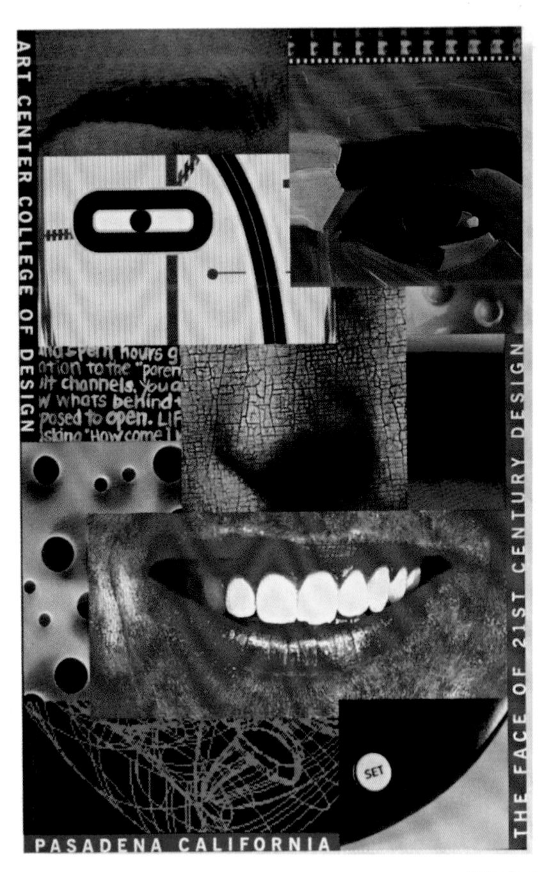

图3-22

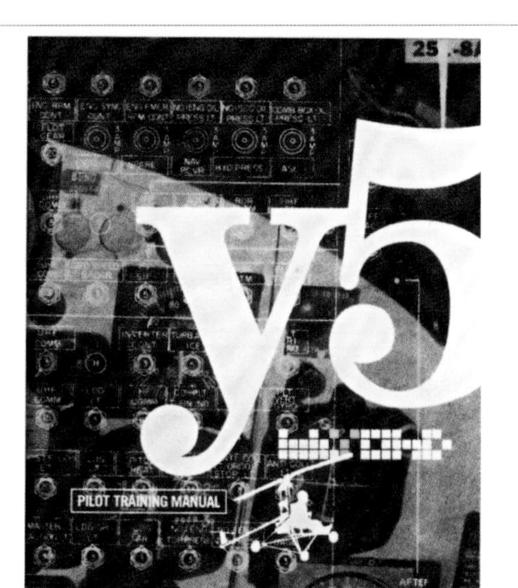

图3-23

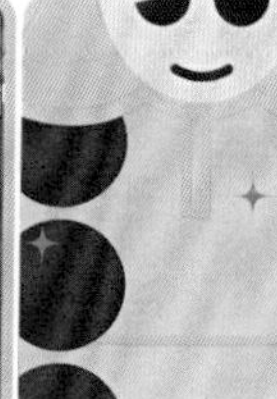

图3-24

图3-25

图3-26

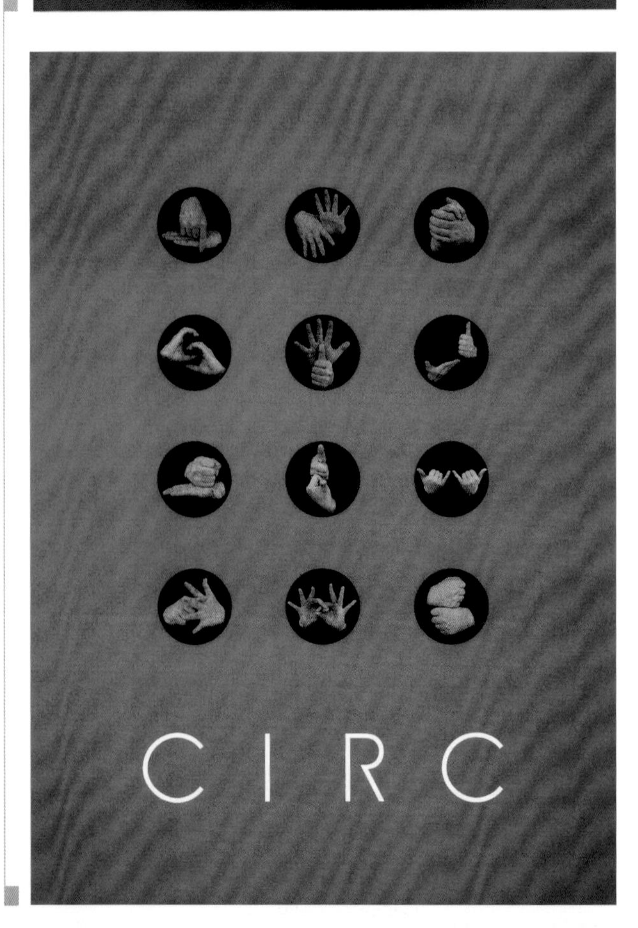

图3-27

骨格

骨格是依据传达需要，对版面进行规则的分割后将图文填入的设计方法。尤其是在系列化的广告、包装及多页面出版物设计中，骨格的运用非常普遍，我们在后面的“版面网格系统”一章中将加以详细说明。

重复

即将相同或相似的形、色构成单元，作有序的排列编排，在版面中反复出现。重复可以将离散的视觉元素串联为整体，使人们无意识地将反复出现的元素联系起来，形成动态的视觉联想。

渐变

是将重复的视觉单元通过渐大、渐小、渐短、渐长、渐明、渐暗等方式产生层次变化的编排方式，能产生律动和节奏美感，富有韵律。

特异

特异是视觉元素的突变，可以获得吸引视线的效果。

比例

比例即长度或面积等的比率，是整体与局部以及局部与局部之间数量的一种比率。运用几何语言和数比关系来表现的比例，能体现理性、现代、科技之美。无序的形、色会使人感觉混乱，合适的比例关系可以产生出对比美和节奏美。

规律是可以总结的和有限的，但其具体运用则是无限的。单纯的了解是不够的，只有会用才能说是真正掌握了这些版面构成的规律。对于规律的真正掌握需要我们在实践中不断练习和探索。在这里，我们想提醒设计艺术的学习者两点：其一，版式的构成规律运用要和图形、文字的创意相结合才能最大限度地发挥平面作品的传达意义；其二，设计者应具有更多的自信，不但能在设计中运用这些规律，更要能通过规律的运用表现自己的设计语言，形成自己的设计个性。市场化并非是对设计个性的否定，独特而富有个性的设计，才能最大限度地吸引消费者的视线。

第四章 版面视觉流程

版面是传达信息的，因而就需要使受众对信息的接受有个先后主次的有序的引导。版式设计除要求有一定的形式美感外，对人的阅读功能也要有足够的重视。各个版面的分配与编排要符合人们的视觉规律，要对受众视线在版面上的移动作有序的引导，使版面设计建立在满足人的视觉功能的基础上，有效准确地传达信息。

面对版面，人的视觉总有首先注意的区域范围，这为版面设计的要素安排提供了最佳的位置参考。以竖长方形版面为例，假如把整个版面的注意值定为100%，其上下左右各部分的视觉价值则有明显的差异。这种视觉分配规律为设计者对信息在版面上的编排提供了科学的依据和有价值的参考。

第一节 版面的视觉中心

版面的视觉中心是指受众注意的焦点。人们的视线围绕这个焦点向整个版面散开，使版面的各元素在视觉上趋于安定和平衡。该焦点可以用对比、强调、夸张等手法予以确定和引导，以吸引受众先入为主的视觉心理。

图 4-1

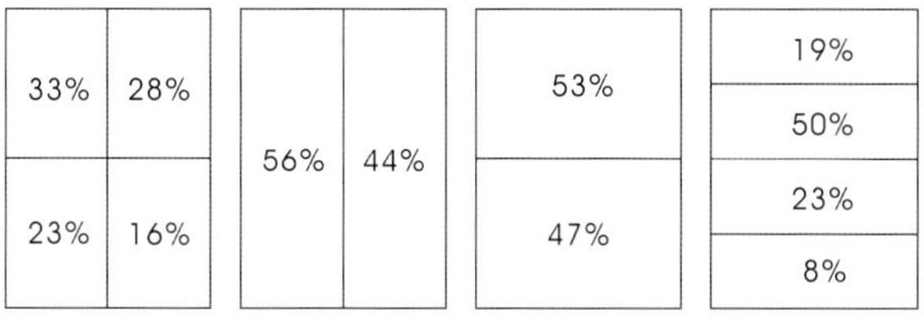

33%	28%
23%	16%

56%	44%

53%
47%

19%
50%
23%
8%

版面视觉注意度分配

图 4-2

第二节 建立视觉流程

视觉流程就是受众阅读信息的先后顺序过程。设计师依据主题和创意的需要，在版面设计过程中将诸要素有意识地组成各种走向的引导线路，受众的视线可以沿着这条无形的线路按部就班、有条理地了解版面内容，以达到有计划传达的目的。

版面中的视觉流程设计对于信息的传达十分重要。版面的设计不但要具较好的形式感，而且要设计良好的视觉流程，以最大限度地满足信息传达功能的要求。设计者根据信息的重要程度，凭借良好的逻辑分析能力组织合适的视觉流程并兼顾视觉形式美感，才是较好的版面设计。

建立版面视觉流程，可以有多种不同的方法：

1. 利用视觉习惯建立视觉流程

人们的阅读习惯在通常情况下是按照从上至下、从左到右的顺序进行的，版面的左侧也往往会比右侧更容易得到注意。依据这种视觉习惯，版面的上部一般适合编排标题等主信息，使内容传达比较直接明了，下部逐次放置段落文字等次要信息。左侧适合放置图形、图像等醒目的视觉元素，而右侧相对稳定，一般放置大量的文字信息。这种按从上至下、从左到右的顺序编排的方法的确缺乏新意，但在常规性的文献、报纸、教材等以信息介绍为主的版式编排中，由于其内容的需要和最贴近人的阅读习惯而被大量采用。

2. 利用视觉中心建立视觉流程

利用视觉中心使受众第一眼看到设计的核心内容，使传达直接明了。视觉中心外的次要信息与主信息按照一定的逻辑关系与形式美感进行编排，最终组成完整的版面。这种视觉引导方式，使版式主次明确，受众阅读的过程先后有序。

3. 利用对比关系建立视觉流程

利用对比关系，可以摆脱版面平庸、死板的感觉，使版面富有视觉吸引力，使版面的主要信息成为受众最为关注的地方。对比关系可以有主次对象的大小、色彩、形态、方向、动态等的对比，也可以是空间划分组织、字体组织的对比等。

4. 利用呼应建立视觉流程

呼应是建立视觉流程的较好方法。在版面中对信息层次相当的元素加以相同的元素、色彩、字体或图形，利用其视觉共性带来相互间的呼应，由此造成视线在版面空间各区域有效的穿插、联系，使受众在阅读时下意识地将具有同等属性的视觉元素联系到一起而产生丰富的想象。这种自觉跳跃的读取信息的过程也就形成了一种视觉流程。其具体可以有文字在字体、字号、对齐、方向上的呼应，图形在形状、大小、肌理上的呼应，相同色彩在不同位置出现的呼应等。

5. 利用群组关系建立视觉流程

利用群组关系，可以把凌乱的多个信息整合成几个

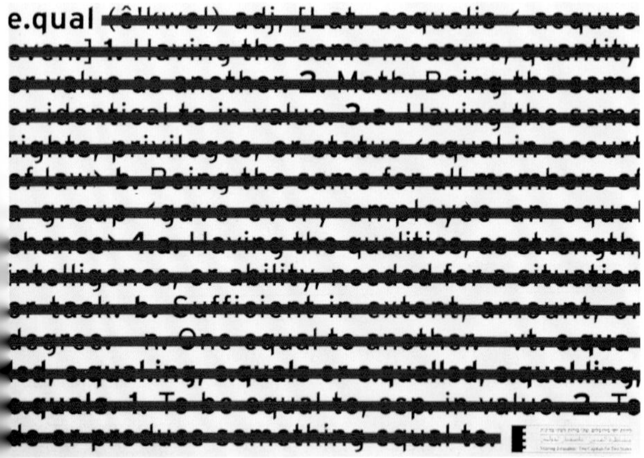

图 4-3

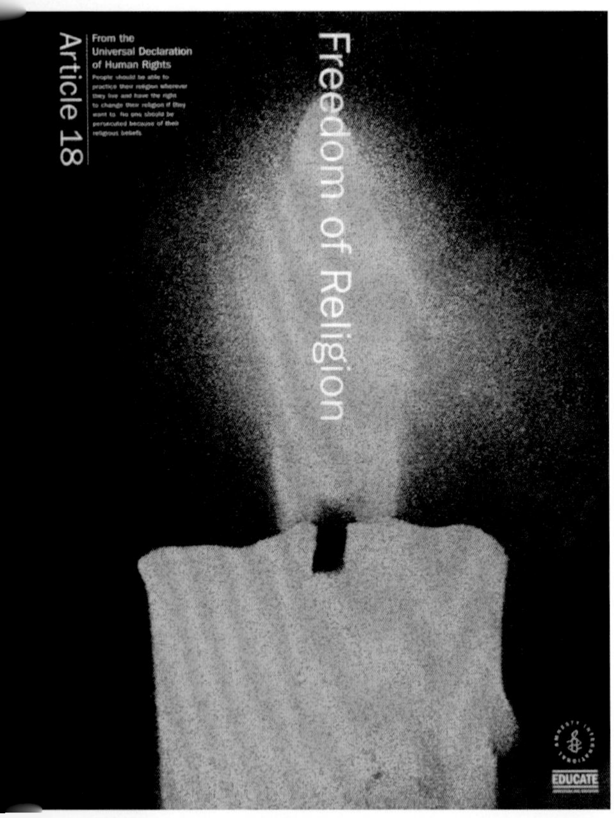

图 4-4

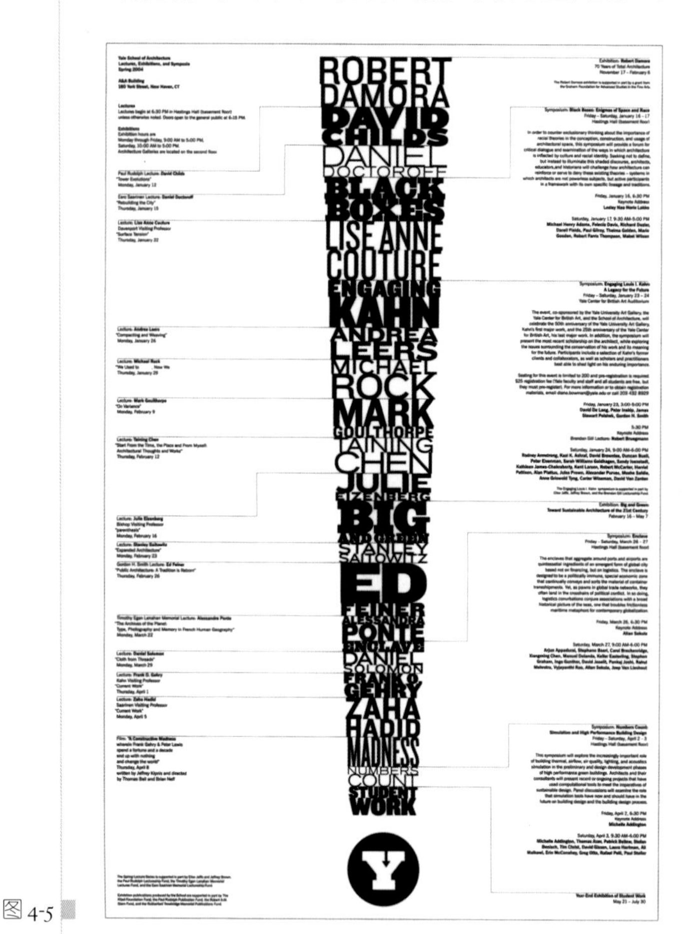

图 4-5

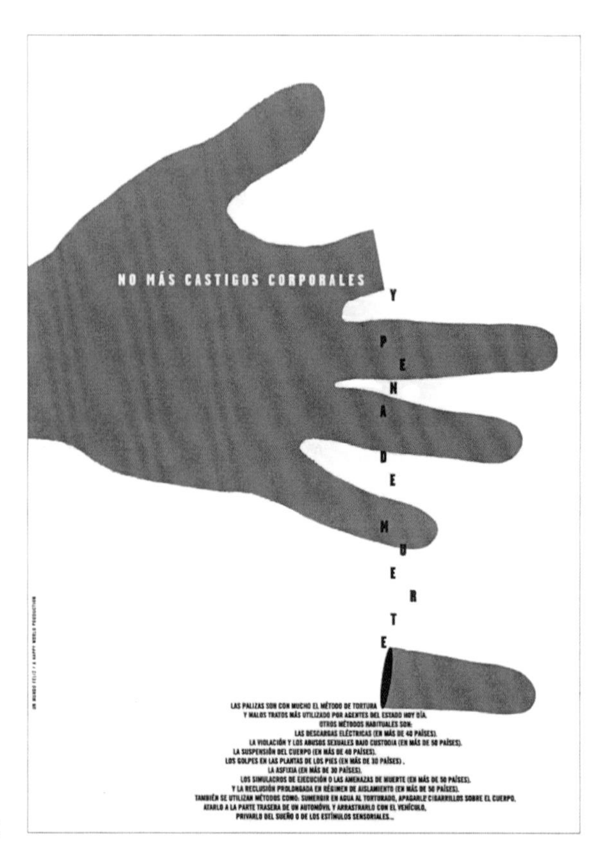

图 4-6

层次，使之井然有序而形成视觉整体。要注意的是，群组后的图文信息要作一定的处理，如视觉强弱、组织疏密、空间位置、色彩肌理的调和等，以便形成视觉上的先后顺序。

第三节　视觉流程种种

引导视线的方式是多种多样的，优秀的设计师总会巧妙地设计视线引导方式。在此仅举一些例子以供参考。

1. 单向式视觉流程

横向和竖向是人们视觉习惯的两个方向，分别是从左到右或者从上到下，依据这两个方向引导受众目光随着编排中的各种信息，由主到次地观看。这种版面视线引导方式的特点是简洁明了、客观理性、秩序感较好，适合一般性的对形式感要求不高的传达需要。

2. 纵横结合式导向

纵横结合式视觉流程是指横向式和纵向式的结合。这种引导方式比单向式更富于变化且保留了单向式引导较有条理的优点，适合信息量大且要求版面较活跃的设计。

3. 斜向式引导

这也是单向式的一种变化，视线一般从左上角向右下角移动，或从右上角向左下角移动，给人动态的不稳定感及速度感，特别适合于一些运动、速度的表现。

4. 曲线引导式

各种视觉元素随曲线编排，给人以节奏韵律感或弹性的视觉美，可以营造出轻松随意的传达氛围。

5. 中轴线导向式

将版面视觉要素沿中轴线一侧或两侧作齐轴编排设置，有秩序感而又不呆板。

6. 指示导向式

以点、线、面或具体形象如照片等视觉元素诱导视线进行移动，从而把一个或多个版面串联成一个整体，主导引导读者按设计线路阅读。

7. 散点导向式

利用视觉元素的共性呼应原理，相对独立、分散地一一布局，使版面活泼又富于变化。采用这种导向方式应注意避免视觉的松散、杂乱，保持版面感觉的统一。

8. 自由导向式

非常规、无序、极其个性的视线引导方式，受众阅读时有很大的自由性。视线随意在版面中跳跃流动，适合感性、个性化的传达需要。

除此之外，按实际传达需要和图文信息情况，设计师还可以设计出许多巧妙的视线引导方式。

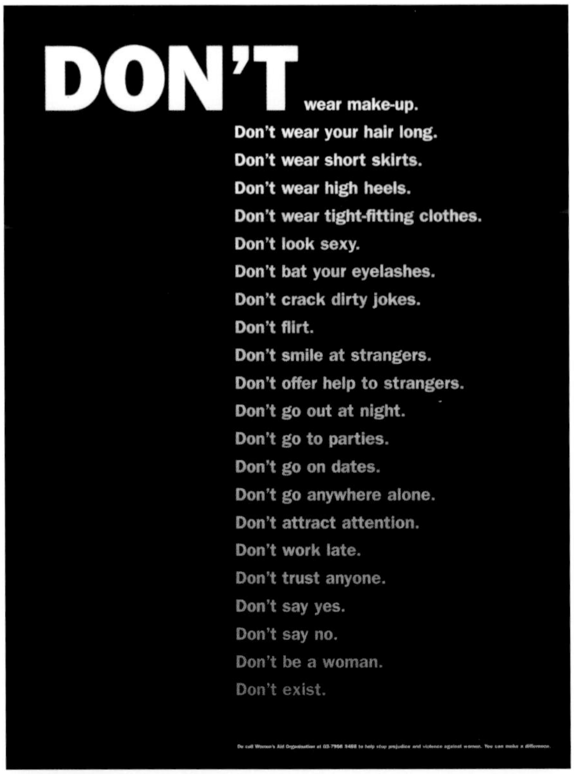

DON'T wear make-up.
Don't wear your hair long.
Don't wear short skirts.
Don't wear high heels.
Don't wear tight-fitting clothes.
Don't look sexy.
Don't bat your eyelashes.
Don't crack dirty jokes.
Don't flirt.
Don't smile at strangers.
Don't offer help to strangers.
Don't go out at night.
Don't go to parties.
Don't go on dates.
Don't go anywhere alone.
Don't attract attention.
Don't work late.
Don't trust anyone.
Don't say yes.
Don't say no.
Don't be a woman.
Don't exist.

图 4-7

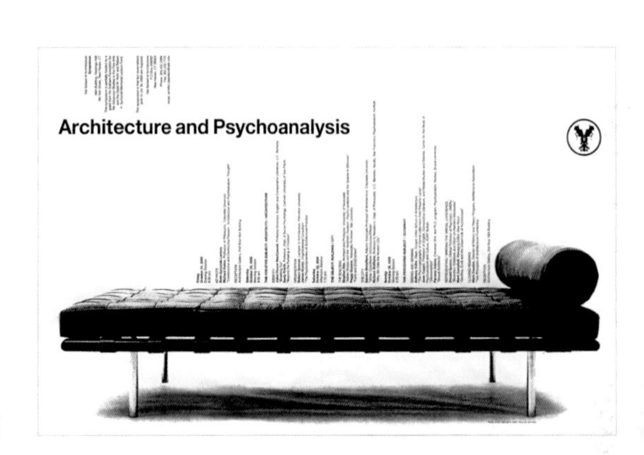

图 4-8

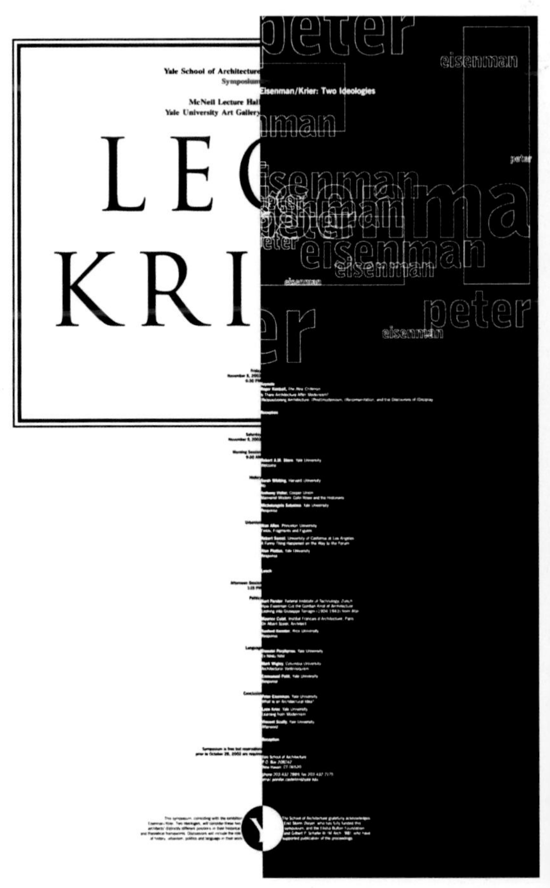

图 4-9

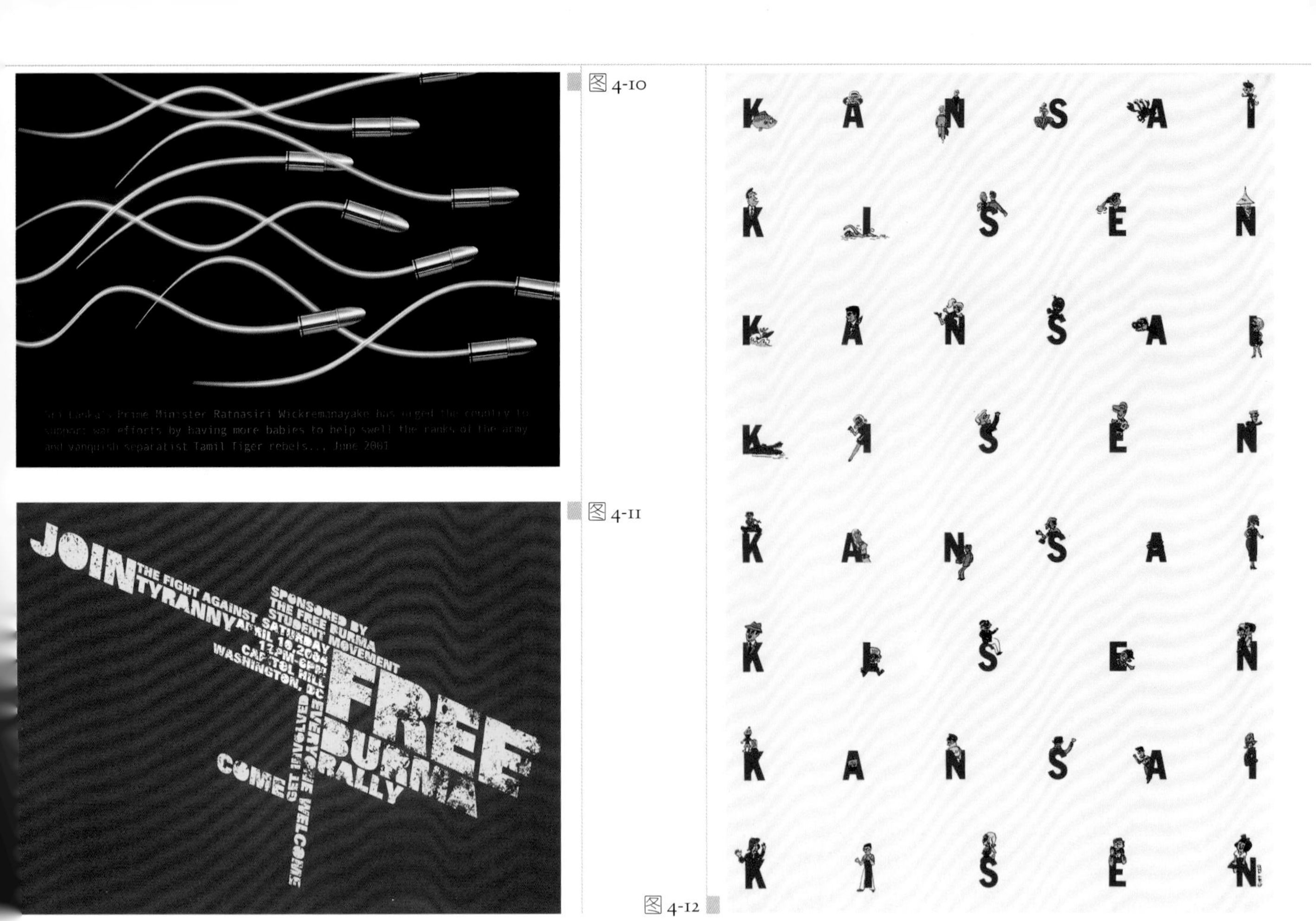

图 4-10

图 4-11

图 4-12

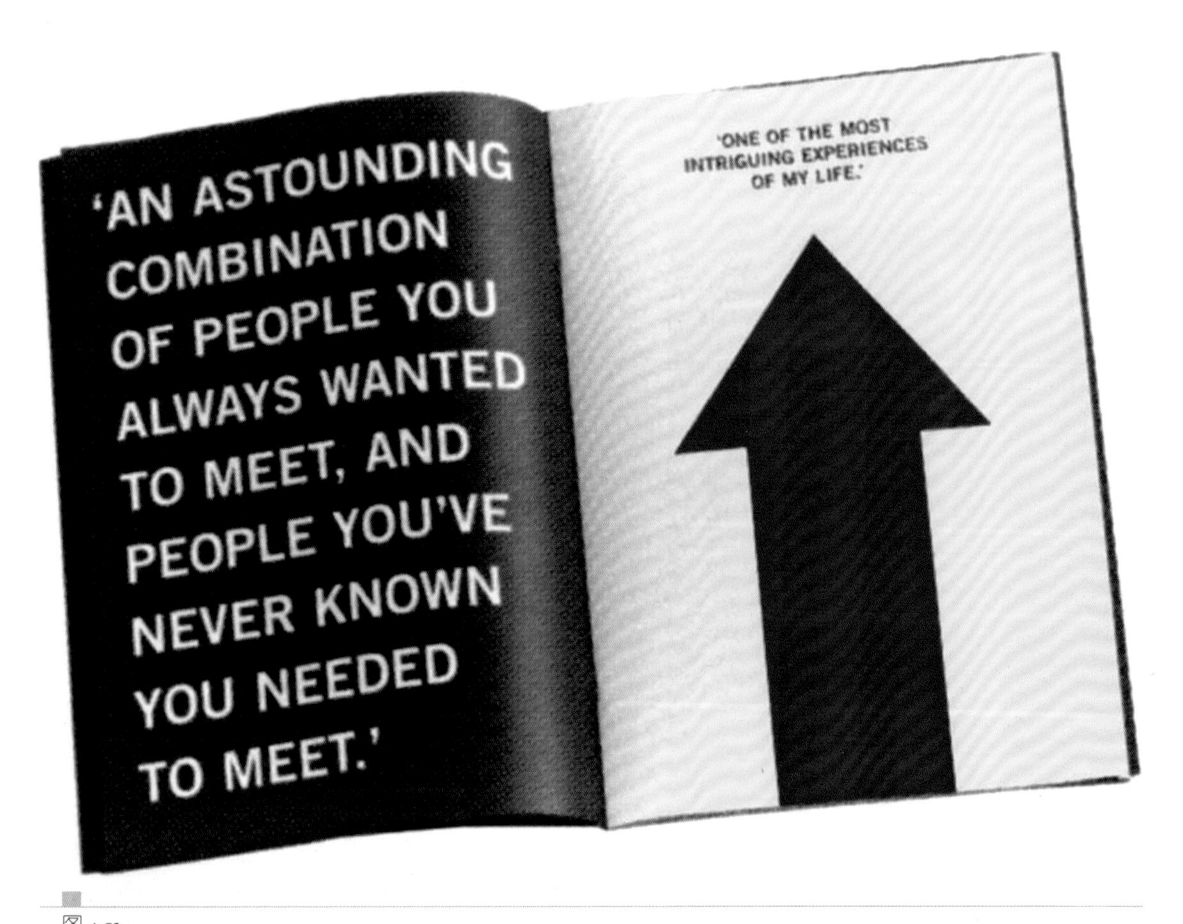

图 4-13

第五章 版 面 网 格 系 统

第一节 网格系统简述

设计师将版面所涉及的一切视觉元素,如正文的布局、插图的位置、标题效果、页码和边注等按照一定的版面分割风格进行布局,并将这一格式重复地应用到系列设计或多页排版中去,这种统一的版面分割格式称为网格系统。

网格系统应用到版面设计中起源于德国的包豪斯设计学院时期。以"形式服从于功能"、"设计以人为本"的设计理念出发,莫霍利·纳吉对书籍的版面运用线条进行分割,插图与文字根据不同功能填入分割空间,开始了早期网格应用。二战时期,大批现代主义设计家迁往瑞士,促进了瑞士现代主义平面设计的发展。居住在瑞士的设计师们发展并完善了莫霍利·纳吉的网格应用方式,创造了"瑞士骨格"。50年代资本主义国际贸易的发展,需要统一规范且便于快速传达大量信息的传播方式,网格系统由于其规范性的特点,便于形成统一的视觉形象,因而得到较快的发展并广泛应用,最终形成近乎标准化的版面布局方式。

网格系统的应用是一种理性的编排方式,强调在符合阅读功能的基础上,对图文信息模块化、格式化,不论内容或载体发生何种变化均采用统一的模式。这种方式顺应了当今时代快速传播大量信息的要求,便于形成统一的视觉形象,因而广泛应用到多页或系统化的版面设计中,使平面设计在视觉效果上更具统一性、完整性、精确性,也使版面设计更具应变性、可操作性。

第二节 设计网格系统

网格的设计与规划基本分两类,一类是书籍、杂志、报纸、手册、网页等多页面的出版物设计,另一类是系列广告、包装设计。

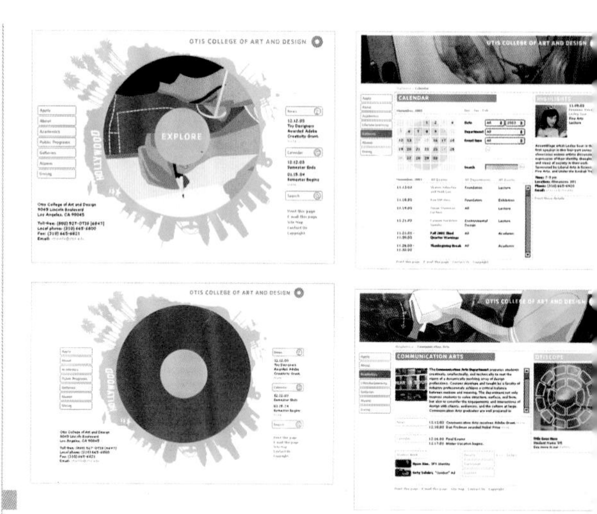

图5-1

一、多页面出版物的网格设计

1. 确定网格的基本类型和风格

不同的读物对网格的划分要求有所不同,如儿童读物,网格的划分就不要太密;对资料丰富的文献杂志,则要求细密的网格结构,以适应大量图文的要求。设计师要根据设计创意和传达需要,确定网格的基本类型和风格。

2. 确定版心

版心是指图文在版面中所占的面积。这时候要注意版心与周围白边的关系,页白少,便使版面局促、紧凑;页白多,会使版面自由、大气,同时出版物的经济成本会上升。这就要求设计者认真地对设计对象的内容、成本、开本大小和设计风格等诸多因素进行全面综合的考虑,最后确定版心的面积和位置。

3. 确定通栏的数量

通栏即版面上的竖栏,其主要功能是设置文字内容,是网格系统各个部分展开的基础。

竖栏的大小和每行文字的长度有关,有关资料显示，每行文字的长度在80~163mm，字数在17~34个（字母则为50个）的范围内比较适宜阅读。超出或低于这个范围都容易引起视觉疲劳。每行文字的行距这时也要考虑到。一般书籍的文字行距约为正文字体大小的二分之一或四分之三，其他出版物则依据不同需要和文字内容的多少而定。

竖栏可以是单栏、双栏或多栏的，也可以是整栏的或半栏的，有较强的灵活性。其高度在样本、手册、产品目录等商业印刷品中也经常有所调整变化，以打破固有格局，使整体统一而有变化。

4. 确定横栏的基本位置和大小、数量

横栏的基本位置确定了版面中横向方面的主要关系，其主要功能也是为了确定文字的基本位置。正文文字在版面中，以灰的色调和整齐划一的排列，起着稳定的统一版面的作用，其分栏的大小、上下尺寸可根据具体情况有所变化。特别是放置标题文字的分栏，在尺度上可以灵活一些。要考虑到大小标题的变化，总体和其他分栏保持着级数关系。

图5-2

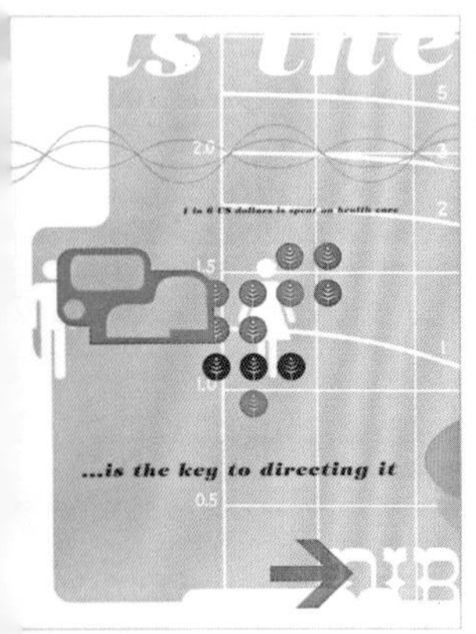

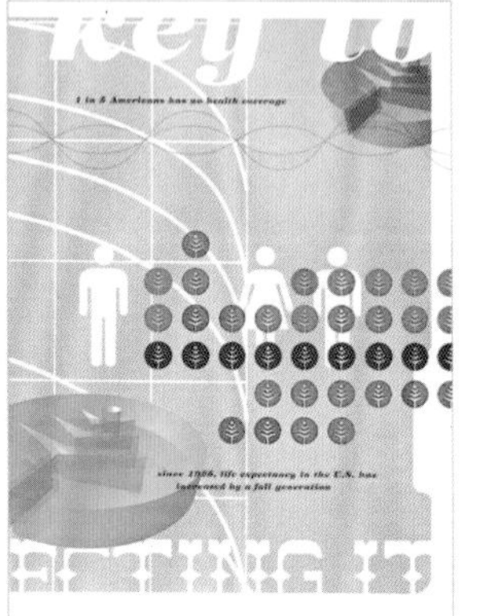

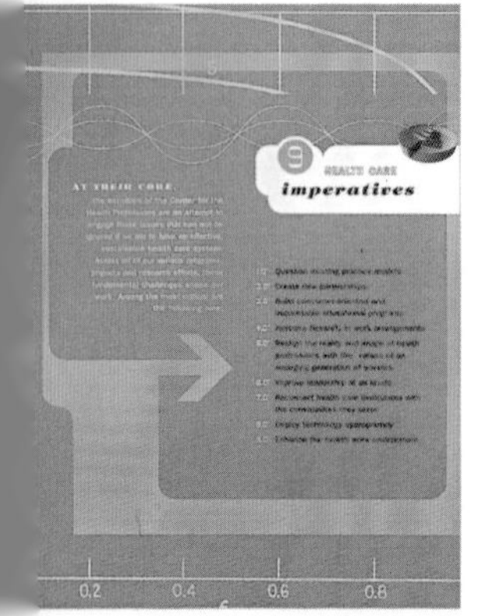

横栏之间的间距和竖栏分栏之间的间距应保持一定的关系，整体谐调统一。

5. 确定标题的大小变化

一般的印刷品都有几级标题，分别是主标题、副标题和小标题或分标题。有些设计内容可能有特殊的标题分类。设计者要对各种标题与正文文字的组合关系进行统一的编排，注意各种标题之间在大小、排列视觉上的节奏变化，同时可以加入各种装饰线条或图案，保持形式上的统一。

在现代设计中，标题范围常常占据较大的空间，占用一个或几个横栏。

6. 填入文字和确定各类文字的字体及装饰方法

这时需考虑到字体本身大小、轻重以及它们作为版面的一种形态、肌理和图形、背景的关系，认真考虑字体的选择和装饰。

7. 填入插图并确定其大小、位置和风格

插图在设计中起着帮助阅读者解读内容、装饰版面的作用。插图的形式很多，有照片也有绘画，有装饰性的也有写实性的、抽象的、漫画形式的等。插图和正文的关系是设计者要处理的主要问题。在现代的许多平面设计中，常常采用满版的插图或照片来串联整个版面。

8. 确定页码的位置、大小和装饰方法

页码在版面上的位置虽不大，但可以起到版面之间的前后呼应作用。页码的位置和形状可以有许多变化，面积虽小，但却是值得精心设计的内容。

9. 协调和确定整个版面与版面之间的色调、装饰风格

在设计中，各个页面局部和整体之间常常有不协调或不完美的地方，这就需要不时调整它们之间的关系。完成了这一步之后，整个设计工作就基本完成了。

二、系列包装、广告的网格

在系列包装、广告的设计中，网格系统不像杂志、报纸等的版面那样有很明显的竖栏、块状照片等典型网格视觉元素，但网格在整体结构设计中仍发挥着作用。利用网格结构来整合品牌在不同媒体的形象，可以强化品牌在受众中的印象，使品牌在激烈的市场竞争中更具识别性。

在系列包装、广告的整体设计中，设计师主要通过建立版面元素的相对固定位置关系并配合字体、色彩的统一与变化来营造网格系统和版面统一性，形成系列感，以获得系列化的识别效果。

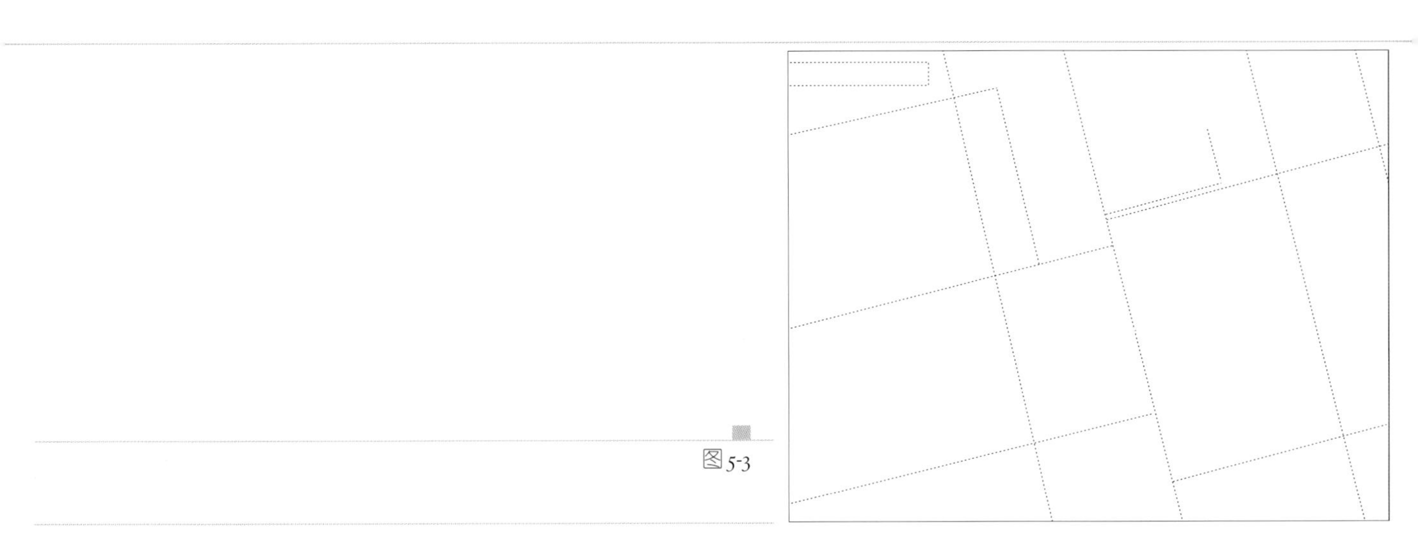

图5-3

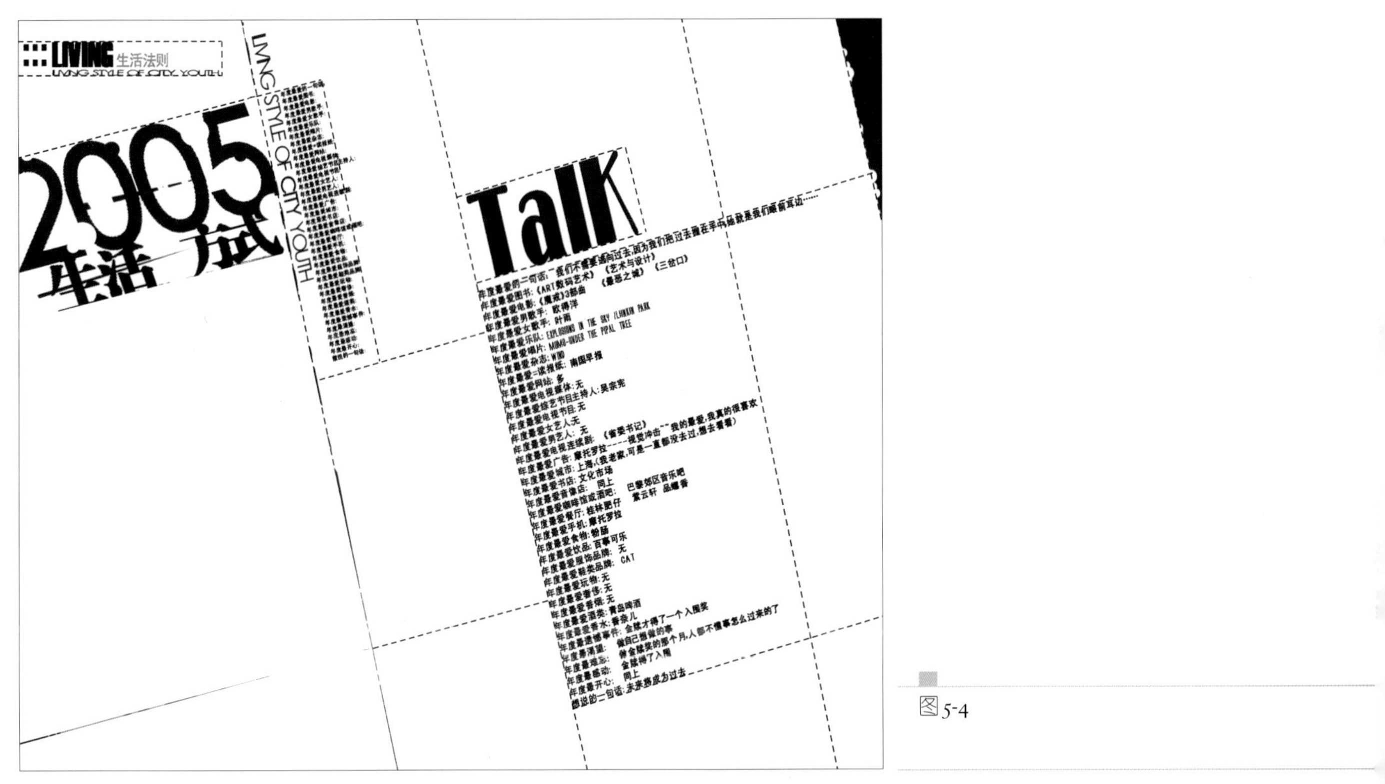
LIVING 生活法则
LIVING STYLE OF CITY YOUTH
2005
生活方式
Talk

图5-4

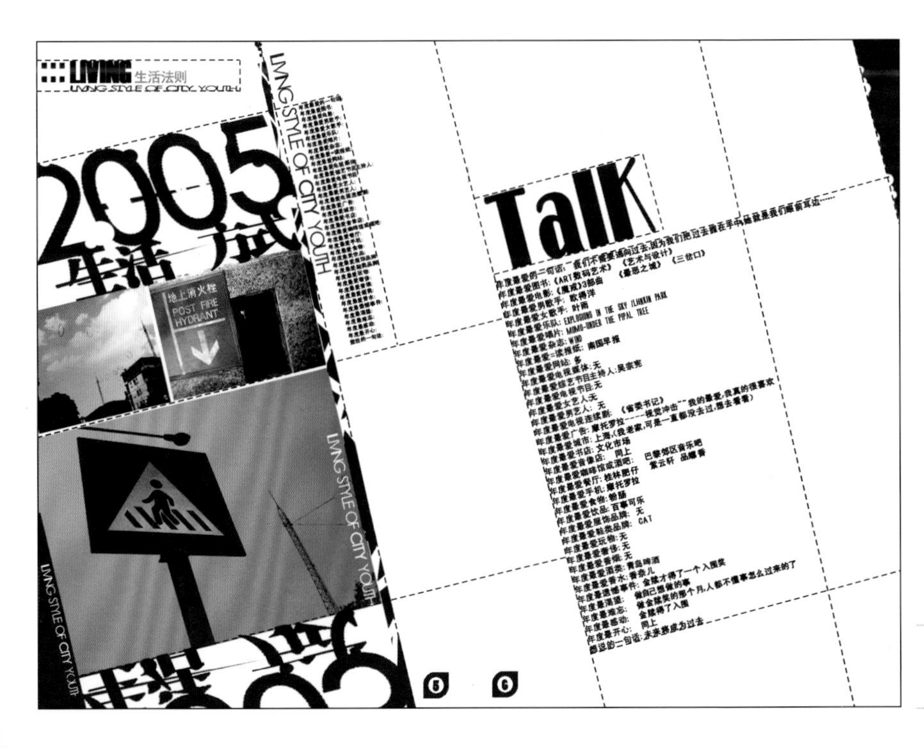
LIVING 生活法则
LIVING STYLE OF CITY YOUTH
2005
生活方式
Talk
地上消火栓
POST FIRE HYDRANT

图5-5

第六章 版式设计的物质和技术要素

设计是造形的艺术，必然和物质材料紧密相关。版面设计离不开对纸张材料、印刷工艺等方面的选择，也离不开电脑技术的应用。

第一节 版式设计与印刷

版面设计中，我们一方面要根据版面设计的要求，选择合适的印刷工艺和印刷材料; 另一方面，要在设计中针对所选择的印刷工艺和材料特点，发挥它们的长处，避开它们的短处，以充分运用已有的印刷条件，达到最佳的印刷效果。设计师既要精通设计，又要熟悉印刷。一般来说，以设计完稿到印刷成品大体分为三个阶段: 印前工作阶段，印刷阶段，印后加工阶段。

一、印前工作

印前工作其实在设计开始时就开展了，通常要做好下列几点:

1. 尺寸计算

尺寸计算是针对印刷用纸来讲的，在制作印刷正稿时必须对印刷用纸进行尺寸的计算，如所用纸度为哪一种，印刷物的开数为多少，要印多少个印张等以便使设计稿更符合印刷技术的要求。

①纸度，纸度是指整张纸的长宽尺度。纸度的规格很多，以平版纸为例，我国以大度 889mm × 1194mm、正度 787mm × 1092mm 为多，还有一些特种纸的尺度为 795mm × 1022mm、720mm × 1010mm、700mm × 1000mm、640mm × 900mm 等，在选纸时，应以版面的尺寸为依据选择纸度。

②开数

印刷用纸的单位面积以开数计算，即整张纸的几分之几。开数越大，纸张面积越小，如 32 开是整张纸的 1/32，16 开即整张纸的 1/16。常规开数按倍数依次类推，如全开（整张纸）、对开（整张的 1/2）、4 开（整张的 1/4）等。特殊的开数有 3 开、6 开、9 开、12 开、24开等。设计上如有特殊要求，可采用长3开或长4开，只是印刷机器方面必须能够配合。开数处理得当，能够充分利用纸张，否则会造成浪费。

开度	大度开切毛尺寸	成品净尺寸	正度毛尺寸	成品净尺寸
全开	1194×889	1160×860	1092×787	1060×760
对开	889×597	860×580	787×546	760×530
长对开	1194×444.5	1160×430	1092×393.5	1060×375
三开	889×398	860×350	787×364	760×345
四开	597×444.5	580×430	546×393.5	530×375
长四开	298.5×88.9	285×860	787×273	760×260
五开	380×480	355×460	330×450	305×430
六开	398×44.5	370×430	364×393.5	345×375
八开	444.5×298.5	430×285	393.5×273	375×260
九开	296.3×398	280×390	262.3×364	240×350
十二开	298.5×296.3	285×280	273×262.3	260×250
十六开	298.5×222.25	285×210	273×262.3	260×185
十八开	199×296.3	180×280	136.5×262.3	120×250
二十开	222.5×238	270×160	273×157.4	260×40
二十四开	222.5×199	210×185	196.75×182	185×170
二十八开	298.5×127	280×110	273×112.4	1260×100
三十二开	222.5×149.25	210×140	196.75×136.5	185×130
六十四开	149.25×111.12	130×100	136.5×98.37	120×80

图 6-1 纸张开度尺寸

此外，计算开数要扣除印刷机器咬纸的宽度，如正度 787mm × 1092mm 应扣除 30mm 的长宽，即为 757mm × 1062mm，此尺寸作开数划分才是正确的。

③印张

印张即每印一件印刷品需要多少张整开纸。如一本 80 页的 16 开本书籍要 5 个印张。设计时要注意有多少个印张，以免造成浪费。

2. 图片输入

版面设计通常都要用到图片，所需要的图片需要进行扫描才能转成电子文件加以利用。在扫描中最重要的概念是分辨率，分辨率越高输入的图片精度越高，但如果原稿质量不好，提高分辨率并不能有好的效果。此外，扫描较大倍数应以整除倍数进行。这是因为光学分辨率与扫描分辨率是整倍的话，才会较好地发挥扫描仪光学系统的性能。

①正片，正片是通常所说的彩色幻灯片，分色效果

较好，可以放大10倍扫描，但不能超过此数，否则影响图片的精度和印刷质量。

②负片，即通常所说的照片，也包括各类印刷品上的图片，理想的放大倍数为一倍，也就是100%，尺寸不够的话把负片的底片冲洗放大再扫描。实在大尺寸不够时，一般只允许对扫描好的电子文件做20%范围内的放大取用。否则，随意放大会影响图片精度。

用数码相机拍摄也是输入图片的方法，除了一般的拍摄要求外，照片像素精度也是影响印刷质量的重要因素。

二、正稿制作

根据设计稿的尺寸，在电脑里设定好版面大小，要预留出血线，用辅助线标好折叠线，画好切口线，然后将图片、文字等版面所需的元素放进去。制作正稿最好用CorelDRAW或Freehand软件制作。如果是用Photoshop软件制作正稿，要注意下列几点：①版面尺寸设定为原大小尺寸；②分辨率为350dpi；③色彩模式为CMYK；④存盘格式为TIF。这样才能得到较为满意的印刷效果。

出血线是为防裁切的误差而将到达边框的色块或图片延伸到边框外，标示边框外图片范围的线条，一般印刷品向外延伸3mm，包装盒则要向外延伸5mm。

折叠线：因书刊杂志、立体的包装盒都需要折叠，而以虚线标出的线条。

切线：又称成品线，为印刷物的实际尺寸。

正稿在电脑里制作，有两个工作是要注意的：

①色标的查对

设计作品时，显示屏所看到的色彩与印刷成品的色彩常常相差较远，这是荧屏色和印刷色的差别所造成的。因此，要获得理想的色彩，制作正稿时必须充分利用好色标这一工具，利用色标所提供的相对准确的色彩参数去修正自己设计的色彩。修正时将文件的色彩模式设定为CMYK，然后将打印稿中的色彩与色标中的色彩逐一查对，以确认用色的准确性。

②绘制后的检查

正稿制作完成后，要逐一检查图形是否精密、工作线是否完备、文字有无错误、字体是否转换为曲线等，并对检查出来的问题认真地一一加以解决，以免在制版付印后才发现差错，造成不可挽救的麻烦和浪费。

三、输出

输出是指将制作完成的正稿文件存入软盘、MO盘、移动硬盘或光盘内，再通过电子分色机，输出用于印刷所需的电子分色软片，又称菲林。

电子分色软片用四张黑片分别记录黄、品红、青和黑四色光学影像。再通过感光制版，就可制成印版。常见的平版印刷利用油水分离的特点用印版印出成品，因此，分色软片的质量对印刷成品质量至关重要。一般在拿到分色片后，都要打样检查色彩是否准确、图片精度

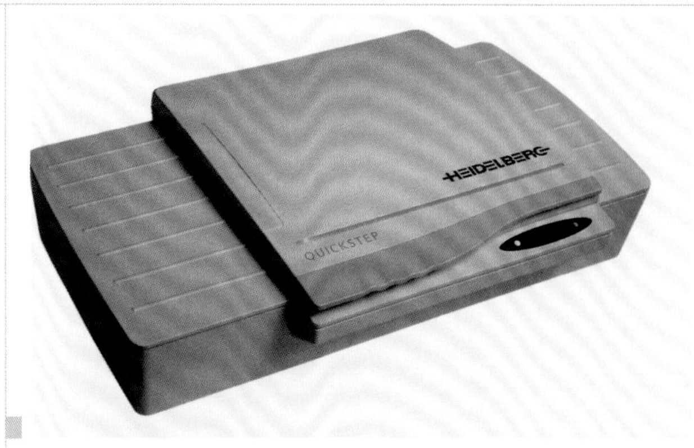

图6-2
桌面扫描仪

图6-3
滚筒扫描仪

是否符合设计要求，并检查四色分片的套准是否准确一致，分色片是否整洁，有没有脏点、划痕等。只有确认四色样稿无误后，才可以进入印刷阶段。

第二节　印刷工艺和材料

现有的印刷工艺，可分为平版印刷、凸版印刷、凹版印刷、丝网印刷和无版印刷（CTP）五种。

平版印刷

平版印刷即常称的胶印，用四色分色片制成四色印版，利用油水分离的特点，使印纹保持油质，非印纹经过水辊吸收水分，在油墨滚过版面后，油质的印纹沾上油墨，而吸收了水分的非印纹部分不沾油墨，然后深入压到版面，印纹上的油墨转印到纸上而成印刷品。四色印刷的先后顺序是最先印黑色，因为黑色的附着力最大，然后依次印上青色、品红和黄色。平版印刷有吸墨均匀、色彩丰富、色调柔和等优点，工艺简单，成本较低，适合于大批量的彩色印刷。但也有色调的表现力受水胶影响而不足、色彩鲜艳度有所下降、印刷效果不够厚实等缺点。但无论怎样，目前其仍是最为广泛采用的印刷方式。

凸版印刷

凸版印刷印纹凸出，吸附油墨需印出各种文字图案，是历史最为悠久的一种印刷方法。由于其不适于明暗层次丰富和套色多、幅面大的印刷，已不大采用。

凸版印刷中的柔性版印刷，其印版不再是金属而改

为柔性版，对承印物有广泛的适应性。可在纸、塑料、金属材料上印刷，还可在超薄或超厚，表面极光滑或极粗糙的材料上印刷；成本低，操作方便，制版周期短，印刷版耐印力高，印速快；有良好的印刷效果，兼具凸版印刷的清晰、平版印刷的柔和、凹版印刷的厚实和高光泽等优点。

凹版印刷

凹版印刷的印纹凹陷吸附油墨，平滑表面的非印纹经刮墨刀刮净并加大纸张压力把凹陷印纹中的油墨印在纸上而印成成品。其印刷造价高，一般只用于印刷特别的艺术品和票证。

丝网印刷

将蚕丝、尼龙、聚酯纤维或金属丝制成丝网固定在网框上，再在其上涂布感光胶，并曝光、显影，使丝网上印纹部分成为通透的网孔，非印纹部分被感光胶封闭。因此，它也叫孔版印刷。印刷时将油墨倒在印版一端，用刮墨板在丝网版上刮过，油墨在刮墨板的挤压下从网孔中漏在承印物上而完成一色印刷，再在此基础上叠印其他颜色。丝网印刷油墨浓厚，色调鲜丽，可承印纸张、布、铁皮、塑料、金属片、玻璃等材质，也可在立体和曲面上印刷，但印刷速度慢，产量低，不适于大批量印刷。

此外，随着电子技术的发展，上世纪 90 年代出现了数字无版印刷（CTP）。无须经过分色片、拼版、晒版等手续，直接将电子数字资料列印成印物，特别适宜于个性化、自由化、少量多变、精致不俗的印刷要求，适宜于少印量而要求精致的印刷。

印刷材料

在印刷过程中印刷机械、印版、油墨、承印物对印刷质量起着决定性作用。

印刷机械

印刷机械是各种印刷品生产的核心，其主要作用是将油墨均匀涂布在印版的印纹部分，使印版上的墨层加压转印到承印物的表面，依次递进印出印刷品，由于印版结构不同可分为凸版印刷机、平版印刷机、凹版印刷机、丝网印刷机、特种印刷机；按承印物大小可分为全张印刷机、对开印刷机、四开印刷机等；按印色能力可分为单色印刷机，双色印刷机，四色、五色、六色、八色印刷机等；按纸张的形态可分为平版印刷机和筒纸印刷机（即轮转印刷机）。按压印方式可分为平压平式、圆压平式、圆压圆式（轮转式）三种。

印版

有了印版才能大批量印刷。印版多由金属版、塑料版或橡胶版以感光、腐蚀等化学方法制成。有凸版印刷版、柔性版印刷版、平版印刷版、凹版印刷版、丝网印刷版等。

油墨

油墨是由色体（颜料、染料等）、连接料、填充料和助剂按一定比例混合经反复研磨、机制而成，具有一定流动度的均匀浆状胶黏体。其种类繁多，除按印版的

图 6-4

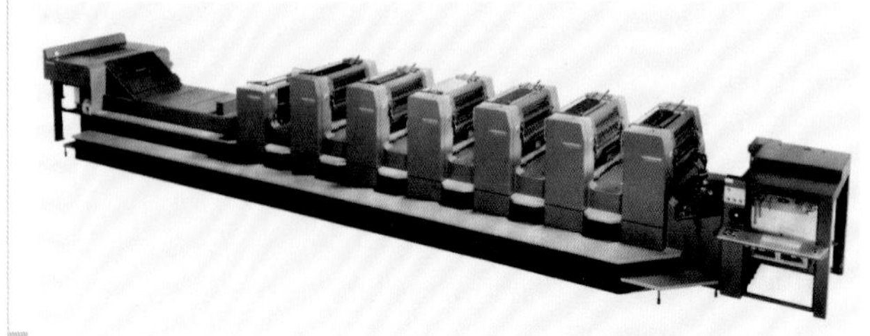

图 6-5

图 6-6

图 6-7

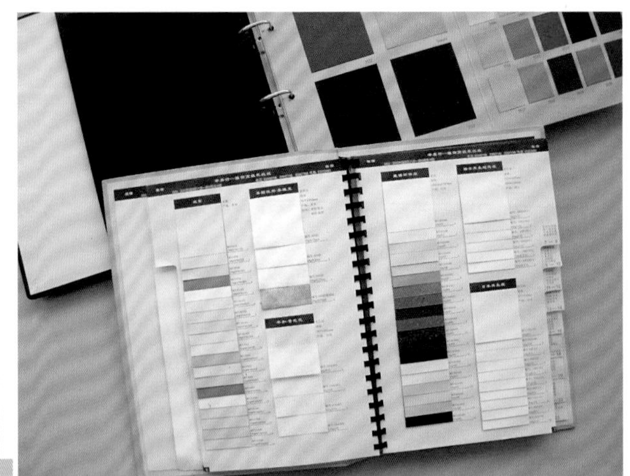

图 6-8 印刷厂提供的纸张样本

特点分各类油墨外，还按承印物不同分纸张用墨、印铁油墨、塑料印刷油墨、玻璃印刷油墨等；按油墨干燥型不同又可分为氧化干燥型、渗透氧化干燥型、挥发干燥型、凝固干燥型。油墨在印刷成本中虽只占很小的比例，但对于印刷质量至关重要。

承印物

承印物是指承受印刷的材料，承印物主要为纸张，此外还有金属、塑料、木材、玻璃、纺织品等也可以作为承印物。

纸有卷筒纸和平版纸两种规格，常见的印刷用纸有以下几种：

铜版纸，质地结实、纸面洁白光滑，吸墨均匀，伸缩性小，抗水性强，适用于多色的凸版、平版印刷，印后色泽鲜艳，图像清晰。

哑粉纸，又称无光泽铜版纸。

铸涂纸，又称高光泽铜版纸，俗称玻璃卡纸，这种高光泽度的涂料纸，具有极高光泽度和平滑度，多用于印刷高档的商品包装。

胶版纸（俗称道林纸），即胶版印刷纸。质地紧密不透明，伸缩小，吸墨性好，抗水性强，纸面的洁白和光滑度仅次于铜版纸。适于多色印刷，印后效果较好。

白板纸，质地紧密，具有较好的挺力，洁白平滑，不脱粉掉毛，吸墨均匀，常用为纸盒包装和吊牌的材料。

凸版纸是供凸版印刷书籍、杂志的主要用纸，主要供凸版印刷机使用。凸版纸具有质地均匀、不起毛、略有弹性、不透明、稍有抗水性能、有一定的机械强度等特性，抗水性能及纸张的白度均好于新闻纸。

新闻纸也叫白报纸，是报刊及书籍的主要用纸。新闻纸的特点有：纸质松软，富有较好的弹性，适合于高速轮转机印刷，必须使用印报油墨或书籍油墨，油墨黏度不要过高，平版印刷时必须严格控制版面水分。

画报纸的质地细白、平滑，用于印刷画报、图册和宣传画等。

书面纸也叫书皮纸，是印刷书籍封面用的纸张。书面纸造纸时加了颜料，有灰、蓝、米黄等颜色。

压纹纸是专门生产的一种绉面装饰用纸。纸的表面有一种不十分明显的花纹。颜色分灰、绿、米黄和粉红等色，一般用来印刷单色封面。压纹纸纸性脆，装订时书脊容易断裂。印刷时纸张弯曲度较大，进纸困难，影响印刷效率。

图 6-9 数码无版印刷机

毛边纸纸质薄而松软，呈淡黄色，没毛，抗水性、吸墨性较好。毛边纸只宜单面印刷，主要供古装书籍用。

书写纸是供墨水书写的纸张，纸张要求书写时不渗墨。书写纸主要用于印刷练习本、日记本、表格和账簿等。

打字纸是薄页型的纸张，纸质薄而富有韧性，在书籍中用作隔页用纸和印刷包装用纸。打字纸有白、黄、红、蓝、绿等色。

拷贝纸薄而有韧性，适合印刷多联复写本册，在书籍装帧中用于保护美术作品并起美观作用。

牛皮纸具有很高的拉力，有单光、双光、条纹、无纹等。主要用于包装纸、信封、纸袋和印刷机滚筒包衬等。

金、银版纸和哑金、银版纸，印面为金、银色，背面为白色或灰色。由于底色为金、银色，印后的色彩呈现独特的效果。

玻璃纸，有无色透明和有色透明之分，一般用于商品、书刊的外表包装纸。

过滤纸，属食品卫生用纸，纤维组织均匀，纸质柔软，无异味，具有良好的滤水性能。

瓦楞纸，是一种重量轻、强度大、价格较低的包装纸板。

纸的厚薄按国际公制每平方米多少克（g/m^2）计算，克数越大，纸越厚。一般来说，200g/m^2以下称纸，200g/m^2以上称纸板。

塑料、玻璃、针织物如棉布、丝绸、尼龙织品等，一般采用丝网印刷，金属使用专门的油墨印刷。印刷时不同的材料有不同的工艺要求。

第三节　版面加工工艺

书刊封面封底、商品包装和各类卡片等为了提高美观程度，都在印刷品上进行上光、过油、磨光、覆膜、“UV”、烫印、凹凸压印、激光压纹、裱纸、模切和压痕等各种加工。

上光

上光是在印刷品表面涂（或喷、印）上一层无色透明的涂料（上光油），经流平、干燥、压光后，在印刷品表面形成一层薄而均匀的透明光亮层。上光有全面上光、局部上光、光泽型上光、哑光上光等。

过油和磨光

过油是在印刷物的表面覆盖一层有亮光油或消光油，再通过磨光机在一定的温度、压力下完成磨光工艺，以达到保护印刷颜色的目的，从而提高印刷品表面颜色的光亮度和鲜艳度，并且有一定的防潮效果。

覆膜

覆膜是通过一定的温度、压力和黏合胶将塑料薄膜与纸黏合，形成纸膜合一的加工工艺，具有良好的光亮度和耐磨、耐化学腐蚀性能，起到美化、防潮、防污、增加牢度和保护包装或封面的作用，覆膜有光膜和哑光膜两种。

“UV”

“UV”上光是20世纪80年代兴起的新型上光涂料。在印刷品表面均匀地涂布一层紫外线固化亮光油，再经紫外线照射，由上光油交联结膜固化而成。局部印了“UV”的地方会变得光亮，与未印“UV”的地方形成质感的对比，增强了版面的立体感。“UV”不仅可以在纸面上印刷，还可以在塑料、金属、玻璃、木材等表面印刷，具有传统上光和覆膜工艺无法比拟的优势。

烫印

用凸版将电化铅铂在一定压力、温度下转印到承印物上，以增加装饰效果。可以烫印金、银、红、绿、蓝、橘黄等色，色彩鲜艳醒目。除纸张外，还可以烫印在皮革、漆布、木材、丝绸、棉布和塑料制品上。

凹凸压印

用压力将承印物表面压出凹凸图文的工艺，可以显现出深浅不同、粗细各异的浮雕效果。

激光压纹

用压印法在镜面承印物上印制出细微的凹凸线条，使印刷品根据光的漫反射原理，多角度反映光的变幻，产生有层次的闪耀感或三维立体形象。所选承印物对光的反射能力越强，折光效果就越好。特别适于在高档次的印刷品上应用。

裱纸

即通过纸张的衬裱以达到纸张对厚度、强度的要求，满足设计需要。

模切和压痕

利用钢刀（即横切刀）排成模（或用钢板雕刻成模）框，在模切机上把承印物冲切成一定形状的工艺称为模切。利用钢线（即压线刀）通过压印，在承印物上压出痕迹或留下便于折叠的槽痕的工艺称为压痕。大多数情况下在一个模板内完成，可简单称为模压。它不仅适用于纸，还可用于皮革、塑料等。

除上述加工工艺外，还有印油、压光等。

设计师在实际的设计中必须常与印刷企业保持畅通的交流渠道，充分了解各种印刷工艺的特点，以达到理想的设计要求和独特的设计效果。

第四节　版式设计软件

当今设计已离不开电脑技术的应用。用于版面设计的软件有很多，这里也不再对具体软件操作进行详细的解释，因为有关这方面的书籍很多也很全面，在此仅介绍一些基本知识。

图片处理软件

Photoshop是最为适用的图像图片处理软件，具有强大的图片处理功能。可以对图像进行绘画与修饰、选取与合成，可以进行色调处理、特效处理等。其图像由像素构成，设计时要设定合适的分辨率。

矢量图形处理与简单排版软件

CorelDRAW、Illustrator、FreeHand等软件绘制的图形由节点与路径形成，没有分辨率限制，可以无限放大，特别适合标志、字体、插图等图形元素的编辑。同时上述软件具有高精度文字录入与照片输入功能，因此也可进行页数不多的版面排版，如报纸杂志广告、包装、海报、VI设计等。

多页面排版软件

Pagemaker可以方便地输入其他软件处理好的数据，如图像、图形、文字，同时也具有强大的段落文字编排功能与页面拼版、装订功能，因此特别适合设计编排如报纸、杂志、书籍、样本等大量图文为主的多页面印刷物。

总的来说，平面设计软件分成三类，即以图像照片处理为主的Photoshop；以矢量图形为主的CorelDRAW、Illustrator、FreeHand和以多页面排版为主的Pagemaker等，在设计版面时，设计师往往通过几种软件的配合，综合运用它们各自的优势，最终完成设计工作。

文件存储格式

TIFF　是使用最为广泛的位图图像格式，具有良好的兼容性与稳定性，同时还带有无换压缩LZW，可有效缩减存储数据量而不会影响图像质量。

GIF　采用索引色彩，数据量小而色彩数量有限，被广泛用于网页、多媒体界面设计，在印刷品中较少采用。

JPEG　常用于屏幕显示照片，是有损压缩的电子文件，采用压缩级别较低时与原图差别不大。其保留了RGB图像中所有的颜色信息，因此也可用于印刷，但不能压缩过大，以免影响图片质量。

PSD　是Photoshop的标准文件，可存储Photoshop中的所有功能运用，包括图层、文字信息、特效等，适合图像设计时多次编辑修改的需要，但数据量较大。

CDR　即CorelDRAW文件，属矢量图形文件，适合存储标志等图形元素的同时也可安排文字、图像形成排版数据文件。

AI　即Illustrator文件，与COR文件功能相似，但与Photoshop有良好的兼容，可以成为定量图形与位图图像转换的桥梁。

EPS　压缩后PostScript（EPS）语言文件格式，绝大多数矢量图形为排版应用软件所支持，可同时包含矢量和位图，与Photoshop有良好的兼容。

PDF　是广泛运用的电子出版物文件，能通过内嵌方法避免字体缺失。可通过对制作、存储的设定，在网上发布或高精度印刷。Word、CorelDRAW、Pagemaker都可输出PDF文件。阅读时用Adobe Acrobat软件阅览打开。

第七章 版式设计运用

版式设计运用范围相当广泛，几乎包括了平面设计的一切领域。由于篇幅的限制，我们在此不对具体的设计领域作深入的分析和探讨，只作涉及版式设计方面的一些提示。

第一节 包装设计

包装的版式设计，在于创造有效的视觉吸引力，或者创造引人入胜的意境，又激发消费者的购买欲望。产品包装的版式设计与其他版式设计相比具有一定的差异。尽管包装也是一种视觉传达设计，但传达的方式、内容和媒体都不同。包装版面可利用的空间较小，而要表达的信息较多。尤其是小型包装，不仅要在几平方厘米的面积中表现出丰富的内容，还要表现出强烈的视觉冲击力。设计好一个包装的版式，首先要考虑的是要安排好包装上的信息，掌握视觉诉求的重点。不同的包装对版式的要求有所不同，如食品包装要紧凑，将各种信息以最大的可能追求视觉冲击力；化妆品则相反，常以宽松的版面来获得视觉上的高雅、尊贵感。

一、版面信息的选择和编排

1. 信息的性质

产品包装上的信息包括产品品牌、生产企业、质量管理等方面的信息。

与产品品牌有关的信息，包括商品和品牌名称、有关产品质量的说明、产品的用途与使用方法等。

与生产企业有关的信息，包括生产产品的国家与企业的名称，企业标志、经销商的名称以及厂商的地址、电话、传真、E-MAIL 等。

与质量和管理有关的信息，包括产品的生产日期和有效期，产品质量认证标识，包装运输说明与标识，包装用后处理说明与标识，商品储运、销售管理标识（条形码又称 Pos 系统），以及其他法律法规规定必须呈示的信息，如产品的成分、比例、含量，卫生许可证、生产许可证等。

促销信息，包括各种促销性的广告语，其目的在于表达产品的特定价值，产品对提高与改善消费者的生活质量所具的意义等。

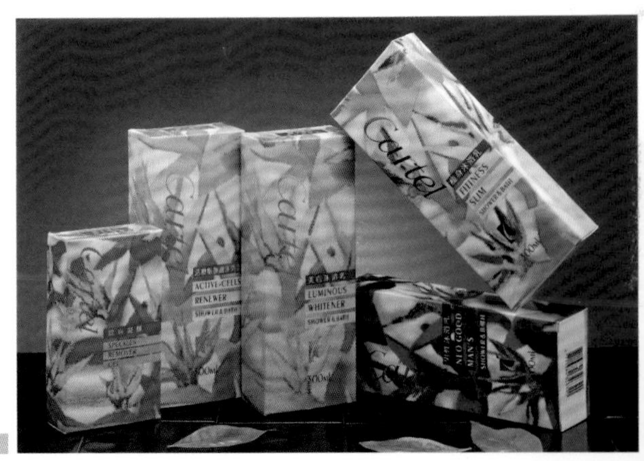

图7-1

图7-2

2. 信息的组合

在包装上各种信息的重要程度不同，这就需要根据营销的需要和信息的性质，进行合理的配置组合。包装结构所产生的立面可能是五个面或六个面，也可能是两三个面。不同立面所承担的信息传达功能是不同的，主立面一般安排从产品品牌与产品形象为主的信息，两侧与背后的立面，一般放置次要一些的信息，如使用说明、产品成分、条形码等。在侧、背面上，产品说明、成分、使用方法等信息一般占据主要一些的位置，以便于指导消费者使用。而产品生产日期、有效期、卫生许可证、生产批号、厂商的联系电话和地址等信息则放在次要一点的位置。图形、文字的组合要得当，要留有适当的空间，字体变化不宜过多，背景可用辅助性的图形、色块衬托，使版面疏密得当，条理清晰。

二、包装版面的视觉强度与辨识度

1. 视觉强度与辨识度

所谓视觉强度，是指同一版面中各种视觉要素对视觉吸引力的大小。产品包装主立面上的视觉要素如产品形象、标志、品牌以及CIS规定的标准色彩、标准编排要具有较强的视觉吸引力，才能在众多的销售竞争中脱颖而出，吸引消费者的注意。

视觉辨识度是指版面所传达的信息在一定的空间距离让消费者明白辨认的程度。在现实销售环境中产品总是和其他同类产品陈列在货架上让消费者自己选择与购买，消费者不可能对每件商品都很近地加以观察，因而包装的主立面上要有足以让消费者在半米外就可以辨识的信息。

2. 视觉强度与辨识度的形成

视觉强度与辨识度的形成，主要通过对比方式获得。对比有大小、形状、色彩、色调、质感、肌理、面积等方面的对比。在大小对比中，所占位置最大的视觉强度大，反之亦然；在形状对比中，特异、孤立的形能引起较大的注意；质感肌理的对比，可生成视觉的关切；在方向对比中，特殊走向的文字或图形容易引人注目；色彩的对比，有色相、彩度、明度的对比，对比愈强，其视觉强度与辨识度也愈强。在现实设计中，包装设计往往通过强化特定的色彩、图形组合、编排方式以及大尺度表现品牌标志来作为远距离认知的手段，而对于次要信息，其视觉强度和辨识度则相应低一些，保持一般书本那样的程度就可以了。

三、系列包装的版式设计

现代包装设计是在CIS计划指导下进行的，为强化品牌印象常常出现系列包装。这在设计中要求保持视觉形象的统一，同时又有一定的变化。系列包装在版式上一般都是标准化的，在进行版式设计时要充分考虑到版式中的不变部分与变化部分的关系。以下几点是系列包装版式的标准内容。

1. 标准化的标志及其版面位置

标志的标准化是企业、产品形象的基本要求，各种包装都要在明显的位置表达。系列化包装的标志应统一出现在固定的版面位置，以取得视觉上的统一印象。

2. 标准化的辅助图形

这种图形既包括了标志中的图形化字体和辅助图形，也包括了包装设计中为衬托产品和形象而采用的辅助图形。系列化、标准化的图形，可以让受众反复地认知，增加记忆程度和熟悉程度。

3. 标准化的色彩

产品包装一般都在CIS的指导下规定了标准化的色彩和其他辅助性的色彩及其组合，系列化包装要依据这些色彩标准进行设计，以达到系列化识别的作用。

4. 标准化的版面编排方式

系列包装要求版面内各种视觉形象如图形、标志、字体等在形状和版面位置上有强烈的视觉整体性，在各个版面的编排中采用标准化、系列化的规范处理。

图7-3

图7-4

图7-5

图7-6

图7-7

5. 标准化的字体设计

系列包装的文字，要求采用CIS计划所规范统一的字体，以达到视觉上的统一性。

第二节　广告设计

广告的版式设计要考虑受众、产品、市场、媒体特点等诸多因素才具较好的传播效果。

一、广告策略与版式设计

广告策略有目标策略、利益策略、时机策略、品牌策略等，在进行版式设计时，要充分考虑这些因素的作用。对于广告的目标策略，要把握目标受众的心理特点,利用版面的视觉要素进行视觉联想与情感的诱导来吸引目标受众。如针对青年人采用活泼动感的版面，针对教育背景良好的成功人士，稳重、典雅的版面风格就较好。对于广告的利益策略，则可以在版面上对服务口号、产品性能、优势特点作较多的创造处理，以吸引诱导受众购买。这要求设计者一方面要找寻出产品最具竞争力的利益点充分加以创意表现，另一方面要讲究利益诉告的贴切以符合品牌个性与定位。对于广告的时机策略,可针对不同时机，在版面中将特定时期的社会事件、热门话题联系起来进行表现，唤起受众在特定条件下的情感共鸣，可达到十分良好的情感诱导作用。对于广告的品牌策略,可利用版面来塑造视觉形式的连续性和品牌个性，实现品牌策略。

二、广告创意与版式设计

现代广告设计已不再是直白、强硬的诉告。这是因为市场的发展愈来愈成熟完善，相关的广告愈来愈多，直向的诉告已不能再引起受众的兴趣，相反只会使受众产生厌烦、排斥的心理。富于灵性的，诙谐、幽默、轻松、亲切的创意已成为广告表现的先行条件，让广告易于被现代人接受。

广告创意手法多种多样，不拘一格，常用的有象征、巧合、夸张、双关、隐喻、幽默等手法。象征的手法依据其象形化、图形化的创意特点，版面多呈单纯、醒目的视觉特征，图形表现充分得当，说明性强，文案与广告语往往简化处理以至省略，以此来突出主题。巧合则是将两个原本无关的图形元素进行组合，给人意想之外的表现。这种广告版面常采用人们熟悉的生活照片进行拼合，营造出生活中不可能但恰恰较好地表现广告主题的虚拟场景。夸张手法则是对广告诉告主题的离奇夸张表现。和巧合手法一样，也常采用生活中的照片和形象利用电脑和摄影技术进行拼合，但对主题表现更为夸张，以强调诉告点的特别不同。双关手法利用图文的比重含义作为创意的诉求点，双关含义的广告语或图片的地位相当重要，往往占据版面突出醒目的位置，其他视觉元素则相对弱化。总的来说，现代广告版式的特点是版面单纯，突出创意点，版面元素的安排都是为了表现创意而服务。

三、报刊广告版式设计

报纸广告是发布在报纸上的各种广告，诸如房地产广告、产品促销、新店开业、展销活动等，具有时效性强、选择性强、周期短、出现频率高的特点。报纸广告有整版面的，更多的是和其他广告以及报章信息并存。在这种情况下，报纸广告要加大其自身的视觉吸引力，才能得到读者的注意。版面常常用单纯、简洁、强烈的视觉元素来表现主题，往往对版面空间进行大面积的强烈色块处理，以突出重点，吸引消费者的注意，有时也采用加强外框色块的办法来强化自身的版面效果。

传统报纸广告的版面常常在报纸版面中为通栏、半通栏、整版、半版或四分之一版等各种规格形式，现代许多新的报纸广告已不再拘于以上规格而采用不同的版面，给人耳目一新的感觉。

杂志广告具有针对性强、有效时间长、表现效果好的特点，因而比较讲究版面的视觉效果与审美艺术性。与报纸广告相对比，其创意新颖，视觉夸张的成分略少，更强调版面设计的精美、细腻与品质。其版面构成与创意诉求、产品特质、品牌定位、文案语气相结合，也有形式多样的特点。

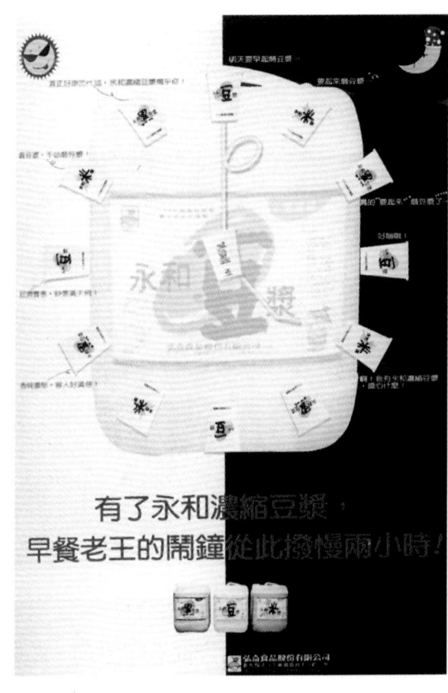

图7-8

四、户外广告版式设计

户外广告有招贴广告、灯箱路牌、车身广告等。一般的招贴版面有全开、对开、大六开及特大画面（八张全开等）。灯箱路牌虽没有具体尺寸，但有常规比例，如3.5∶1.5、1.0∶1.5等。随着新科技的不断出现，户外广告的形式和设计不断更新，其材料应用也较多变化。由于户外广告在传播过程中易受周围环境各种因素影响，其受关注的时间相对较短。为了达到良好的传达效果，户外广告一方面依赖自身的大面积大尺寸来获得观众的注意，另一方面，在版面设计上有意加强其视觉冲击力，如表现品牌或产品时用清晰明显的产品或品牌显示在版面上，表现广告语时用简练突出、醒目的广告语，色彩对比强烈单纯，以达到最佳的视觉注意效果。

图7-9

图7-10

图7-11

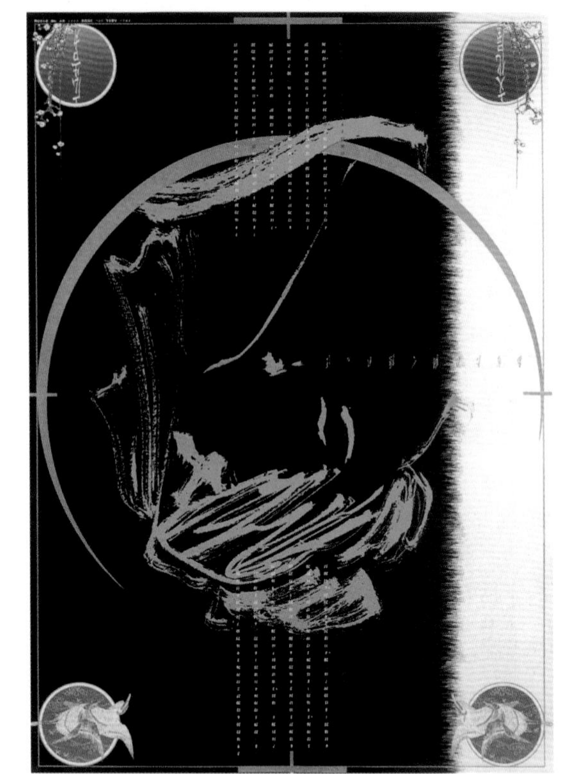

图7-12

图7-13

五、POP广告版式设计

POP是销售点的广告，具有诱导消费的作用。这种广告一般采用单纯的手绘或电脑卡通图形、活泼的字体、夸张醒目的广告语来表现，版面编排单纯强烈，色彩不多但对比强烈突出。文字一般占据醒目的位置，并配以简洁单纯的点线面装饰版面，简洁明了而又活泼。

第三节　书籍设计

书籍设计的各页版面较多，除了封面封底外，还有环衬、护封、扉页、内页等，除了版式的编排，还要考虑书籍的开本、纸张、印刷和装订的内容。书籍版式的设计则给读者美的感受，帮助读者理解书籍内容，增加书籍的附加值。

一、书籍设计的内容

书籍一般由护封、封面、前勒口、前环衬、扉页、序言、目录、正文、插图、版权页、后环衬、后勒口、封底等组成。

1. 护封和封面

护封和封面是书籍的外貌，它担负着介绍书名、出版社、作者以及衬托书籍内容的作用。在琳琅满目的书架中，护封和封面是引起消费者兴趣的第一因素。其材料运用和装帧因精装书和简装书的不同而不同。精装书一般有护封和封面两个部分，封面一般是由硬底板贴亚麻布、丝绸、皮革或其他合成材料，再根据材料的特性在上面压印或烫印书名，也有粘贴书名标牌的。护封一般是用铜版纸或特种纸印刷而成，包括护封面、护封底、护封书脊和前后勒口。简装书的封面封底则是铜版纸等稍厚一点的纸张，没有硬封。

护封和封面的设计除考虑视觉美的形式外，还要体现原作者的思想。在体现书的内容的基础上进行创作发挥，把文字、图形、色彩等版面视觉要素进行创造性组合，创造出有独特艺术性的书籍设计。

2. 书籍开本设计

开本设计指书籍幅面大小、形态的设计，常见的书籍有16开、32开等。开本的大小要和书籍的类型和内容相结合，如儿童书籍开本不要过大，否则儿童的小手就难以拿握。近年来国内许多期刊画册采用210mm × 297mm的开本,这是国际标准开本。书籍开本除常规的四方形开本外，还可以有许多特异的开本。

3. 内页版式

内页各部分有版心、上白边（天头）、下白边（地脚）、外白边（切口）、内白边（订口）、书眉（眉头、眉脚）等。其版式有有边版式和无边版式。有边版式，是以订口为轴心，左右白边对称的形式，每一页文字或图片部分，都是约束在特定的版心之内。无边版式则没有固定的版心，文字与图形的安排不受白边与版心的制约，比较自由，也就是常说的满版。满版比较适合画册、摄影等以图片为主的书籍。

4. 行、栏、标题、书眉、页码

我们在前面的“版面网格系统”一章中已经介绍过行、栏及标题，不再重复。书眉不但有引导阅读的作用，还有装饰版面、标明章节的作用。书眉的字号一般小于正文，位置往书口靠，翻开的两页书眉齐平。

页码有时纳入书眉内设计，也可单独出现，其可安排在上白边、下白边靠近书口处，也可安排在书口中央。页码虽小，但它的位置与形状在整个版面中还是较重要的。

5. 图片、插图的编排

插图和图片有夹在文字中间的编排和满页的插页。夹排在文字中间的，起着美化版面的作用，但必须配合内容以及考虑印刷的形式。要安排得当，不能影响前后文字的连贯。

多幅插图同时出现在同一版面上时要通过插图的大小分出空间层次，大幅的插图可以突出主题，一般放在主要位置，小幅插图可以平衡、活泼版面气氛。

插图的外形可以有分框的、退底的或其他形状的，视版面需要而定。

二、书籍版式设计的要求

书籍版式设计要求具有整体性、审美性、思想性和时代性。

整体设计的原则是书籍设计的基本准则。从内容到形式，从内页到封面，从纸张到油墨，从黑白到色彩，从印刷到装订，一本书的出版需要书稿、设计、工艺技术等的完美结合，缺一不可。设计师要对书籍各部分进行整体的规划设计，使书籍的各部分形成统一的整体。

书籍作为大众的阅读品，必然存在通俗的审美观。但是，好的设计并非只是随波逐流，一味去迎合市场。当代社会科技和文化迅速发展，市场经济日渐发展成熟，同类书籍的竞争也就日益激烈。能否在竞争中取胜，这就要求在书籍设计中引入新颖独特的元素，在设计上采用超常规的思维、凝练的色彩和图形、新颖的编排方式、特殊的材料选用等给读者以强烈的视觉冲击力和审美享受。好的设计师必须是善于创造美的设计师。

书籍的设计是有思想的，书籍的设计并非是对书籍内容的简单图解，也并非简单的封面、内页等装饰，

图7-14

图 7-15

图 7-16

图 7-17

图 7-18

图 7-19

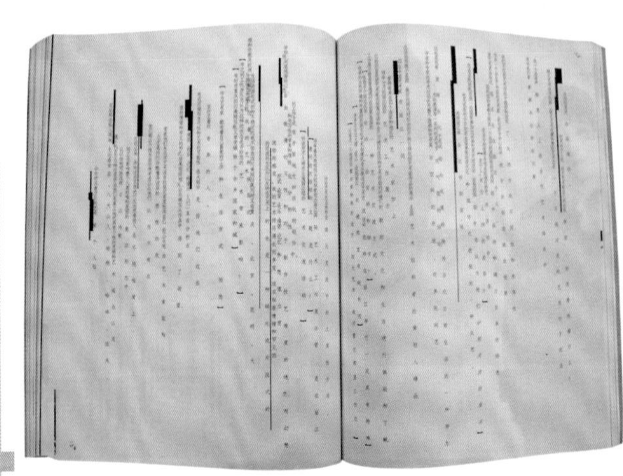
图 7-20

而是对书籍整体形态，包括平面和立体形态的设计。书籍的思想，也不仅是内文作者所表达的思想，而是设计师的创意思想和内文作者逻辑思想的结合。书籍设计者的思想可以通过文字的视觉化效果、图形的创意、色彩的隐喻等方法以视觉的形式呈现。

书籍设计是当代思想文化的反映，融合了时代的精神文化内容，并随着时代的发展而发展。设计师应当运用新技术、新工艺等体现时代特征的有力工具，创造出反映时代特征、引导生活时尚的视觉新形式。

第四节　报刊设计

报刊指报纸和杂志。

一、报纸版式设计

1. 模块化的报纸版式设计

模块化的报纸版式设计是指网格系统在报纸版面设计中的具体运用。20世纪70年代初模块化版面设计成为报纸设计的主流版式。它的特点是每条信息的所有要素（正文、标题、装饰图案等）形成一个规则的矩形。版式的基本核心在于竖栏数量与比例的确立以及相对稳定和适度变化，并且在至少一年的周期内，拥有相对固定、统一的基本模式。它用栏线或空白将版面分割为各个规则的矩形区域，然后在每块区域内依稿件的重要性安排其位置。这种版式编排方式具有条理清晰、重点突出而又兼顾到普通稿件、方便阅读、符合时代审美观、方便编辑操作的优点。

也有一些娱乐或针对青少年的报纸没有规则的竖栏和矩形区域，图文编排相对自由，照片常被去底或改变外形与其他文字图形组合，版面比较活泼而具有个性。

2. 报纸品牌策略与版面设计

现代社会报业的竞争愈来愈激烈，报纸业愈来愈注意加强自身的形象，确定自身的品牌形象。品牌形象从大的角度看要界定出报纸的行业特征，如金融类报纸、体育类报纸、娱乐休闲类报纸等。此外也通过版面的设计加强形象感觉，具体做法有通过报头组合形式的品牌标识；规定头版中报头、导读栏、新闻栏、广告栏的固定格式，不同版面安排统一的页眉设计；文章标题和内文规定相应的字体，并与图片形成固定排版形式；确定标准的竖栏数量与比例；融合CIS理念，使用标准化色彩；有的报纸还加长或加宽版面来获得与众不同的感觉。

TRAVEL
The many faces of POTSDAM
Alpine colors shine bright at Lake Louise

The New York Times
Money & Business
Inside The Head Of the Fed
The Honeymooners Amid the Storm
Insider Buying Beyond The Spin

图7-21

Buena Mesa
para Papá

图7-22

SEXTA
DOIS
FORÇA VERDE

图7-23

3. 版式设计与阅读功能

现代读者的生活节奏加快，读报时间短，因而稳定的版式和方便的导读系统对于方便读者阅读是必要的。

稳定的版式设计并将信息栏目板块化，可以让消费者快速找到自己感兴趣的信息，从而方便阅读。现代报纸也借鉴了网页版面的设计，往往在头版上设置各种类型的导读栏目，建立内页信息的指导和索引，方便了读者阅读。

报纸之间的竞争使报纸设计日益追求强烈的视觉冲击力，使用大幅的图片以加强视觉吸引力，使用醒目甚至夸张的标题字体，头版的设计日趋杂志封面化，都是为了吸引、诱导读者阅读。

二、杂志版式设计

1. 杂志的视觉形象

杂志的视觉形象由杂志封面、封底、封套、书脊和内文版面风格组成。

封面是最能体现杂志形象的吸引读者目光的第一因素。杂志封面的刊名字体今天已成为杂志的品牌标志，必须根据自身的定位和读者群作精心的设计。同时，刊名与封面的其他信息如刊号、发行日期、内容标题等也应形成相对固定的组合编排，这种组合编排要具有一定的形式感和识别性、系列感。为建立统一的品牌形象，杂志封面的编排通常会采用网格系统的系列化处理，对刊名、信息和图片作统一风格模式的编排处理。

除封面外，杂志的封条、封袋和书脊，以及杂志开本大小，也都是杂志形象的表现，都是值得精心设计和处理的。

2. 杂志的导读系统

杂志的导读系统包括目录、页码、分页等方面的设计，由此形成的导读系统，同时也是构建杂志版面风格的要素。

NOSOTROS
LOS BOSÉ

图7-24

图7-25

图7-26

图7-27

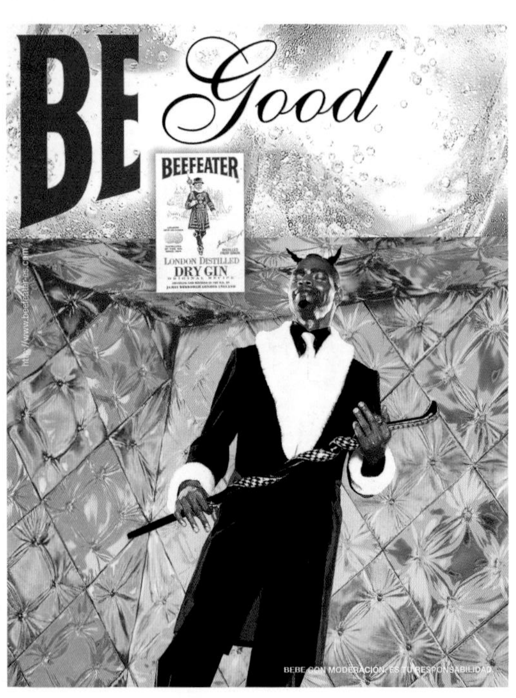

图7-28

杂志目录的设计，不仅是辅助阅读的导读工具，同时也应给读者视觉美的享受，吸引读者的兴趣。通过变换字体、调整色彩等方法使目录信息传达更具逻辑性、层次感，也更方便读者阅读和查找内文信息。

杂志插页的设计，是对杂志版块栏目转换之间的页面的特殊设计，用以区分内容和形成视觉过渡。好的插页，就像乐曲中的间奏，让读者舒缓阅读疲劳和预示下一章节内容。插页可采用广告插页、特殊页面大小的内页或固定的页面。

3. 杂志版式风格

除封面封底的设计外，杂志内页的版面设计也体现了杂志的版式风格。

杂志内页文字不只是提供阅读的信息，设计师经过对大小栏题、注解、内文等信息设以相应的字体、字号、间距、色彩、装饰和排式，形成杂志视觉陈述的逻辑关系，方便读者阅读并成为杂志版式风格的构成要素。

杂志建立网格系统骨架的分栏形式，是杂志版式风格的重要组成因素。

杂志的纸张材料使用及印刷方式，也能通过品质、风格上的差异来表现杂志版式的风格。

第五节　DM设计

DM原为直邮广告，现已包括在商场、展会等现场派送的广告以及各种企事业介绍、广告样本、文艺、演出单等。DM的造型多样，选择性强，印刷效果精良，可以较好地反馈市场信息和经济成本低。DM有广告单页和册子两种类型。

一、DM的规格和纸质

DM的规格有多种，不一定按常规长宽比例、规格，可适当变化，但为了减少纸张的损耗，设计时还是要考虑其规格符合开数。关于纸质，我们在前面已介绍过，不再重复。现代DM设计常常采用纸质较好、有一定厚度的铜版纸等各种优质纸张，印刷出精美的效果。

二、DM的折叠、裁切和装订、印刷

DM通过巧妙的折叠、裁切和装订方式，显示不同的展开与闭合的形态，给人以阅读的趣味。

折叠可分水平折和垂直折，可将一张纸折两折、三

图7-29

图7-30

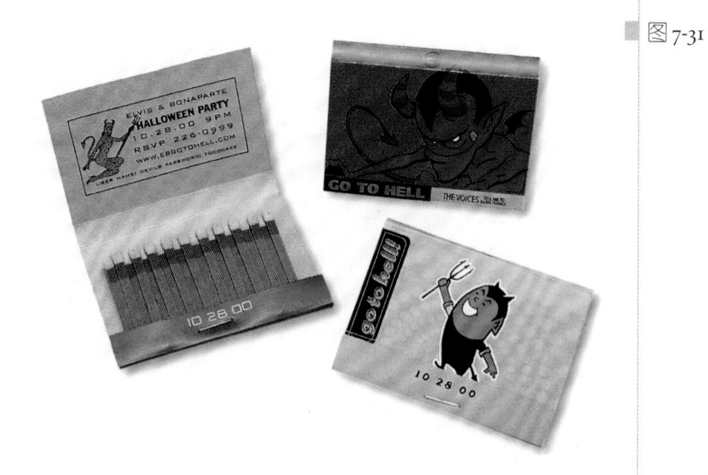

图7-31

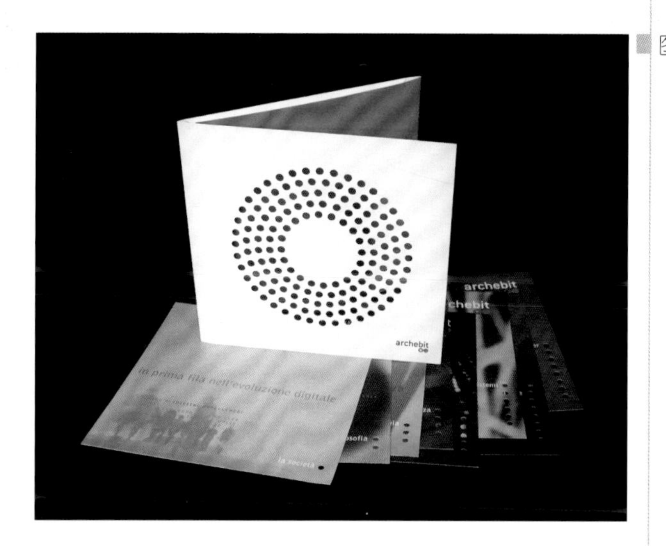

图7-32

折或采用“风琴折”、“荷包白”等丰富的折叠方案。

裁切通过对页面的裁切、穿孔，可以打破固有的四方形外形，开天窗孔形成不同的块面共享，创造出个性化的纸形和版面。

DM 的装订原理和书籍一样，有各种同样的装订方法，但形式更为活泼。

高档的DM设计，常常采用凹凸压印、浮雕印刷、过油、烫金烫银等特殊工艺，以营造精致高贵的感觉。

三、DM 版式设计的创意

DM设计不同于其他媒体，它具有高度的灵活性、独特性，可以为设计师带来更大的创意空间。DM设计，可以和各种促销活动相结合，如和赠品结合在一起设计，做成问卷或各种知识手册，做成贺卡或月历等，还可以做成现场销售的POP等。总之，在广告令人厌烦地漫天飞舞的今天，巧妙的创意可让消费者更乐于接受。

第六节　网页设计

网页版式和传统版式的最大区别是其导航系统的设计。由于其信息的海量和互动特征，导航系统是网页中必不可少的区域。这种版式结构也影响了传统的平面设计版式，如现在的许多报刊都在头版或封面设置了内文信息的索引板块。此外，网页还具有多媒体动态化等特征。

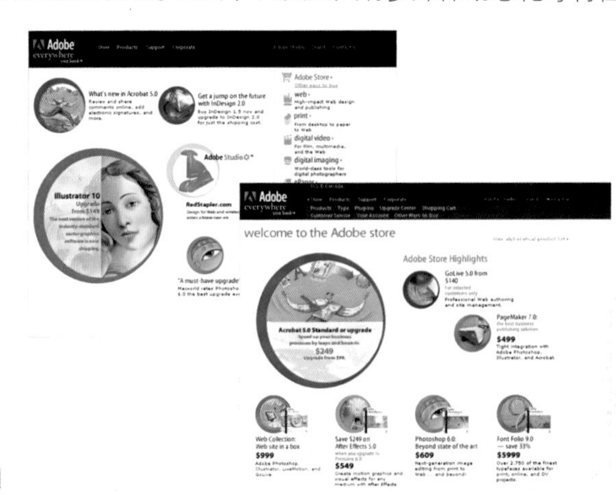

图7-33

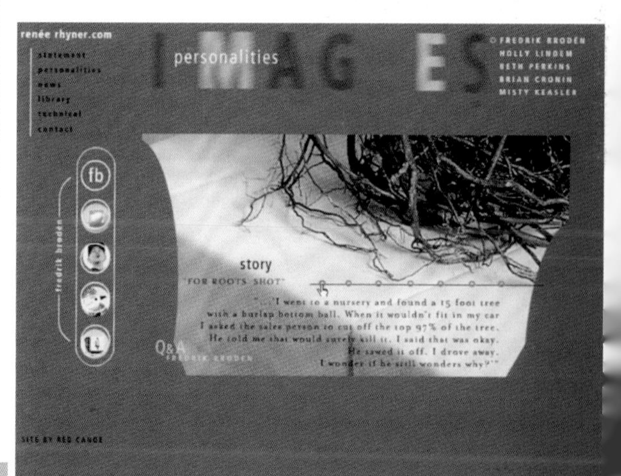

图7-34

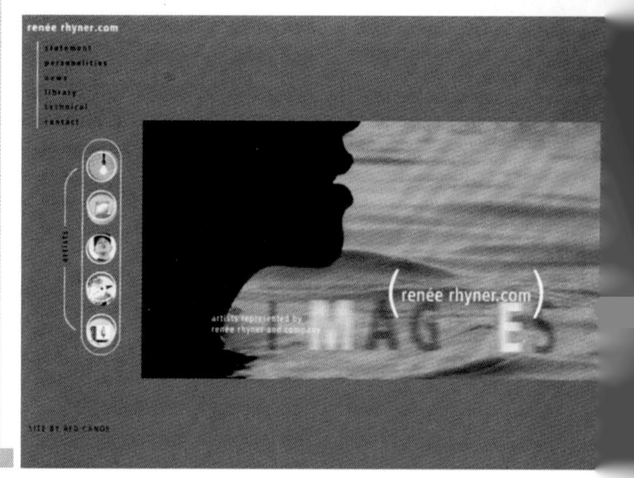

图7-35

一、导航系统

一进入网站首先见到的就是网站的导航系统，网页的主页或首页的导航设计较活泼多样，并可以动态化呈现，给人以趣味和兴趣，使人无法拒绝进一步的浏览。各个分页的导航系统常设计为多功能的多栏菜单结构，方便读者切换网页。无论是主页还是各分页，导航系统都贯穿其中，成为版面不可缺少的部分。

二、版面信息的交互性

网页内的各种信息不再像传统平面印刷品那样单纯地呈现，可以通过各种各样的链接实现阅读内容的快速转换，而不必像传统印刷品那样一页页地翻阅。

网页和传统印刷品在美学上的感觉是有较多共同之处的，其版面的视觉构成原理和基本形式也较为相近，不同之处是导航系统的设置对于网页设计特别重要和不可缺少，此外，网页的视觉元素还具有动态交互的特征。

图7-36

图7-37

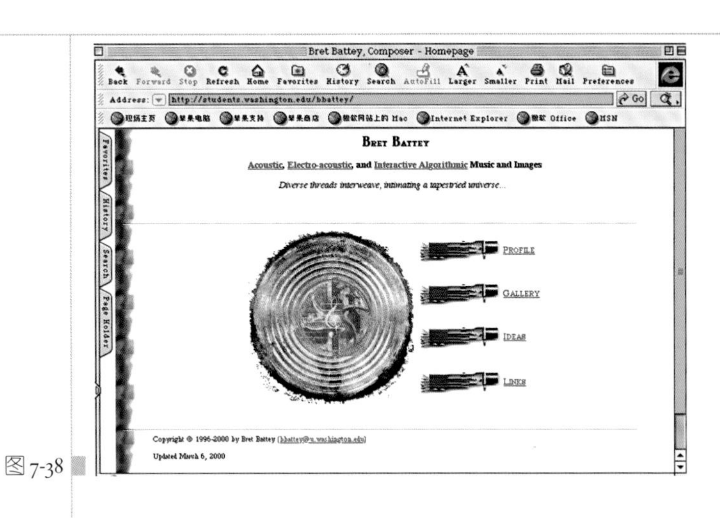

图7-38

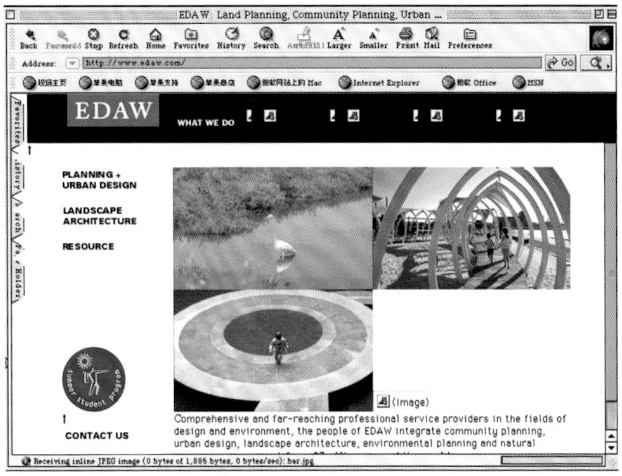

图7-39

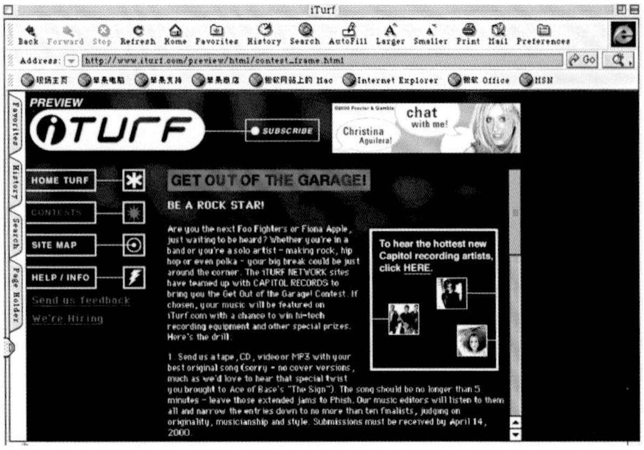

图7-40

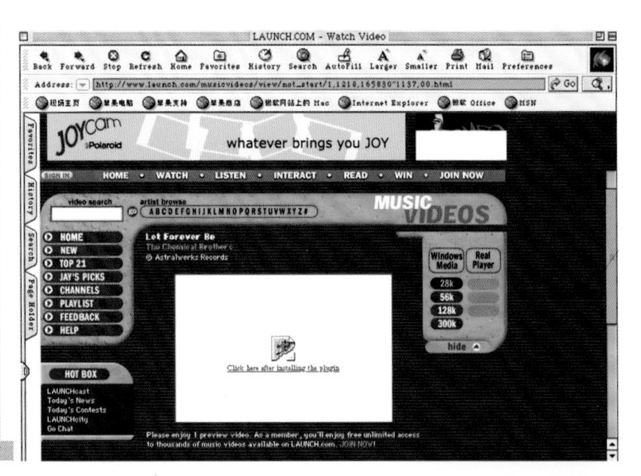

图7-41

第八章 作品欣赏

图 8-1

offers a change of pace from the
"mass of rock posters and weird
music stuff we do."
Design: Michaei Byzewski, Dan Ibarra.
LOW
1
LOW
A LIFETIME OF TEMPORARY RELIEF
2
LOW
3
LOW
4
LOW
Low's musical style is spare and delibe
cold, medicinal vibe seemed appropria
box set entitled A Lifetime of Temporar
10 Years of B-sides and Rarities. Desig
Byzewski, Dan Ibarra.

图 8-2

图 8-3

图 8-4

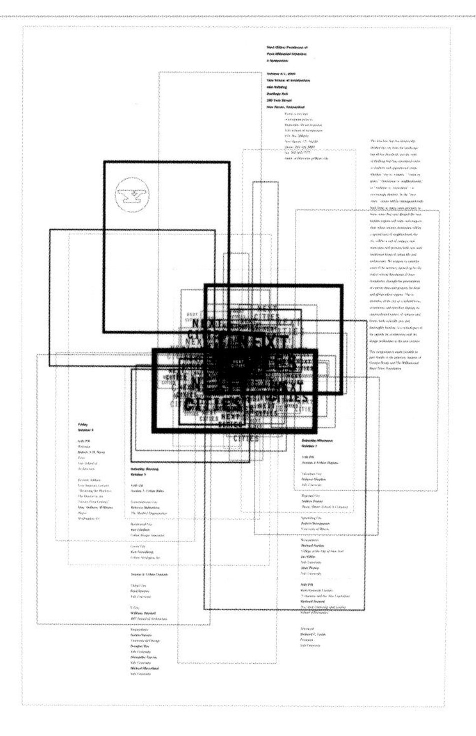

图8-5

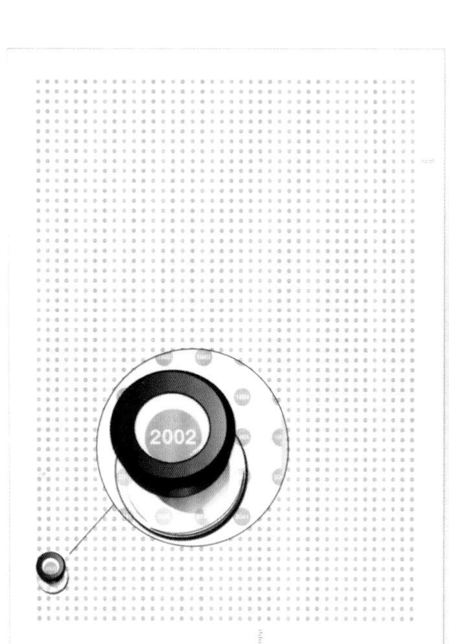

图8-6

图8-7

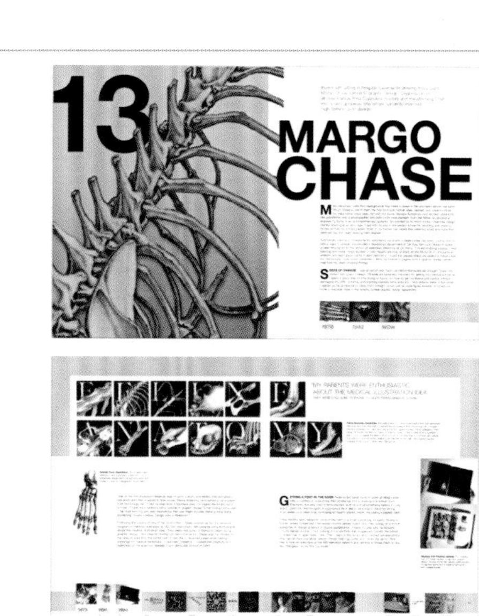

图8-8

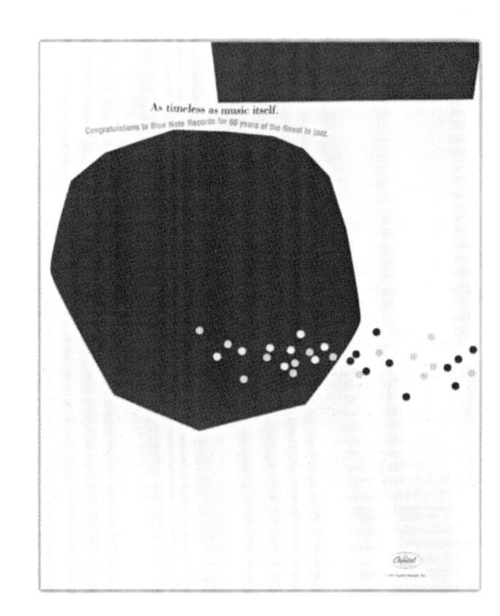

图8-9

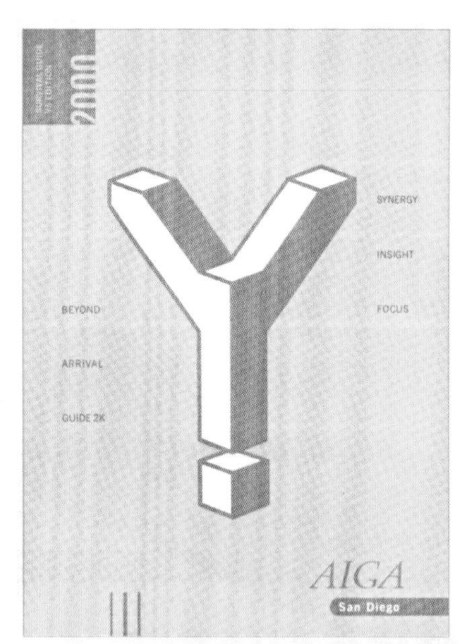

图8-10

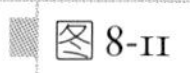

图8-11

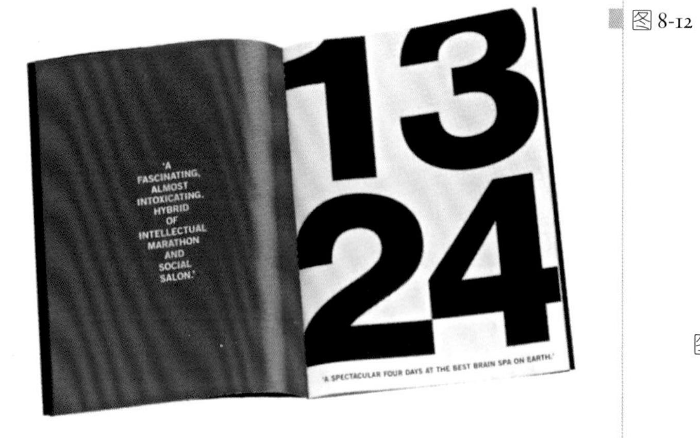

图8-12

图8-13

图8-14

图8-15

图8-16

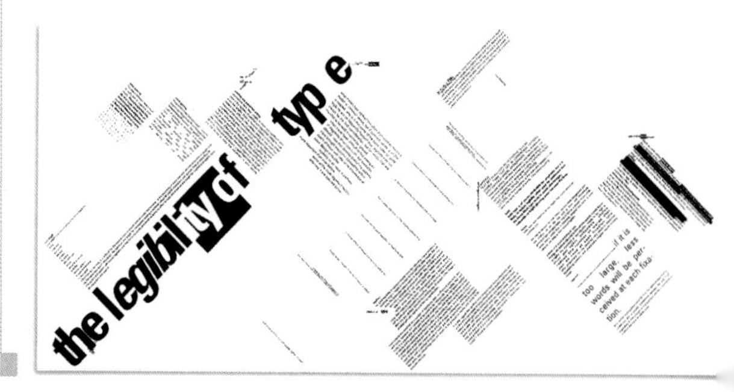

图8-17

图 8-18

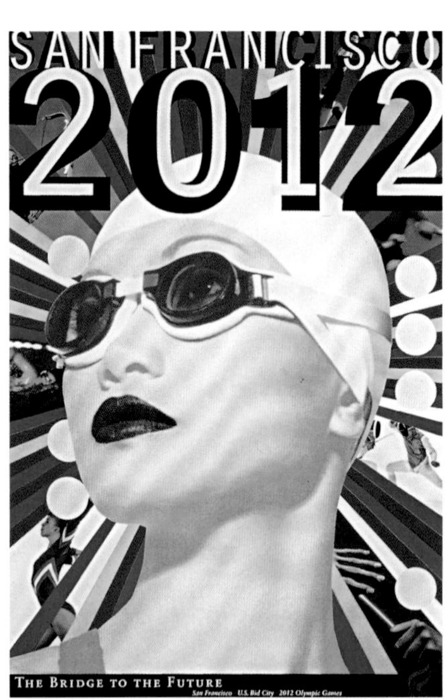

图 8-19

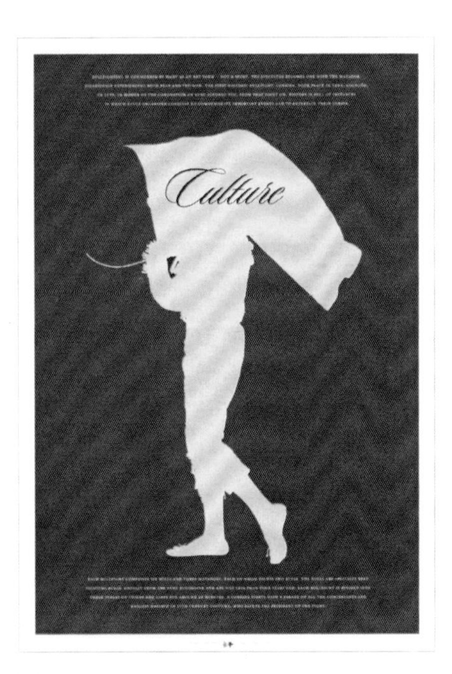

图 8-20

图 8-21

图 8-22

图8-23

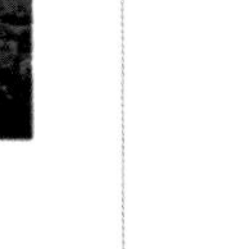

图8-24

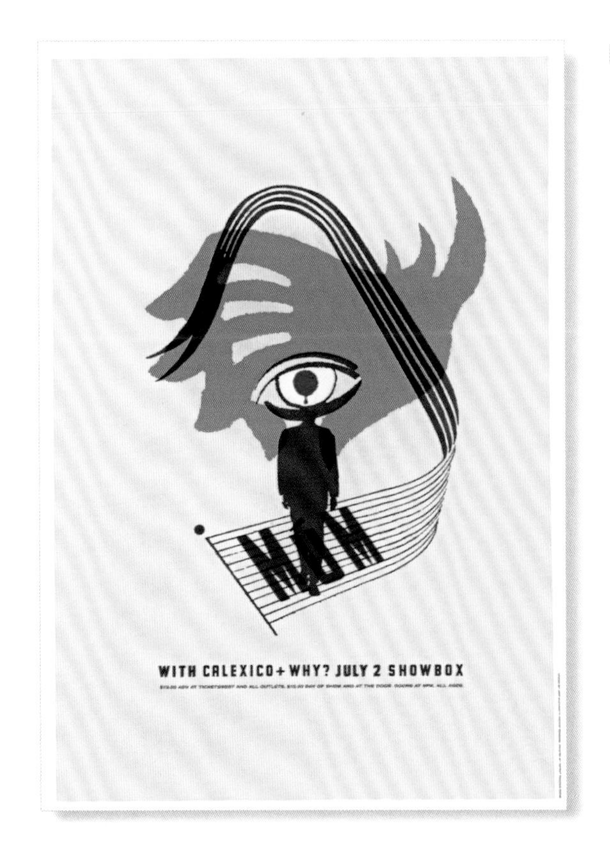

图8-25

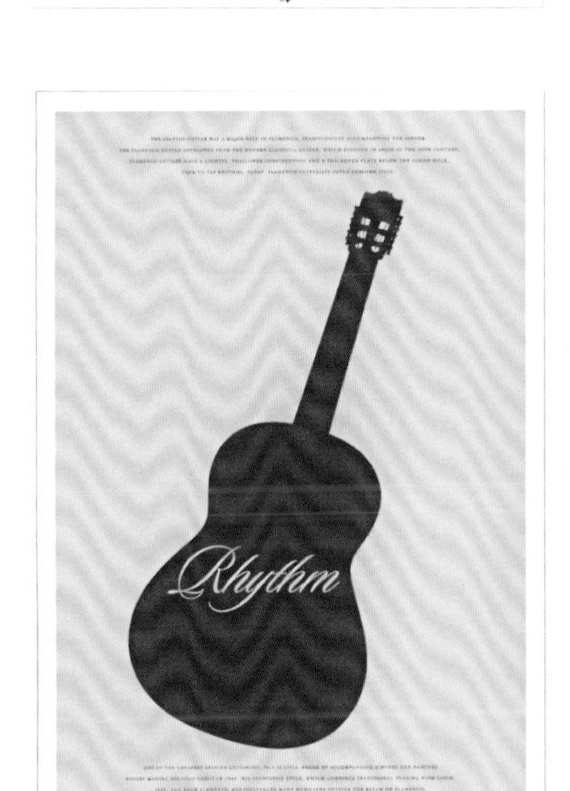

图8-26

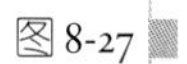

图8-27

图8-28

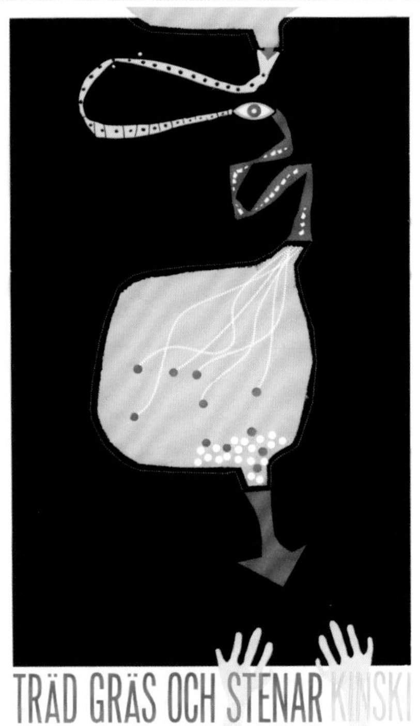

图8-29

图8-32

图8-30

图8-33

图8-31

图8-34

图 8-35

图 8-36

THE ALTAR BOY

BROOM STREET THEATER

图 8-37

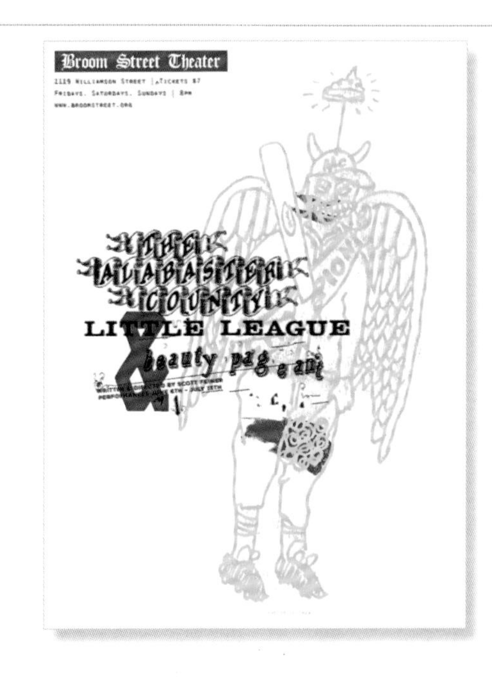

图 8-38

图 8-39

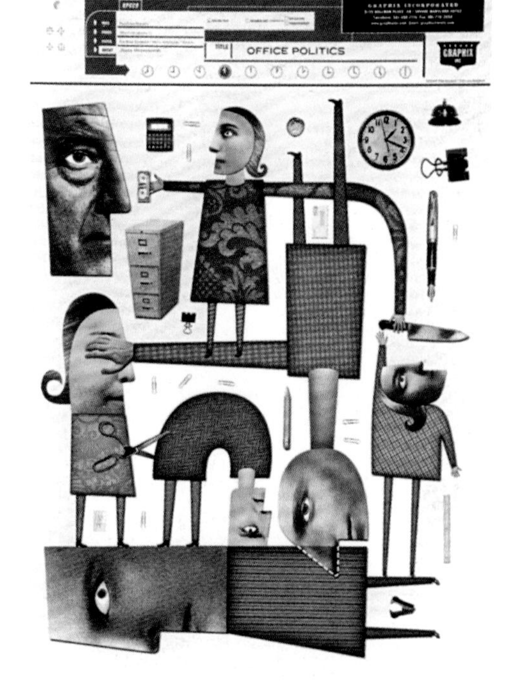

图 8-40

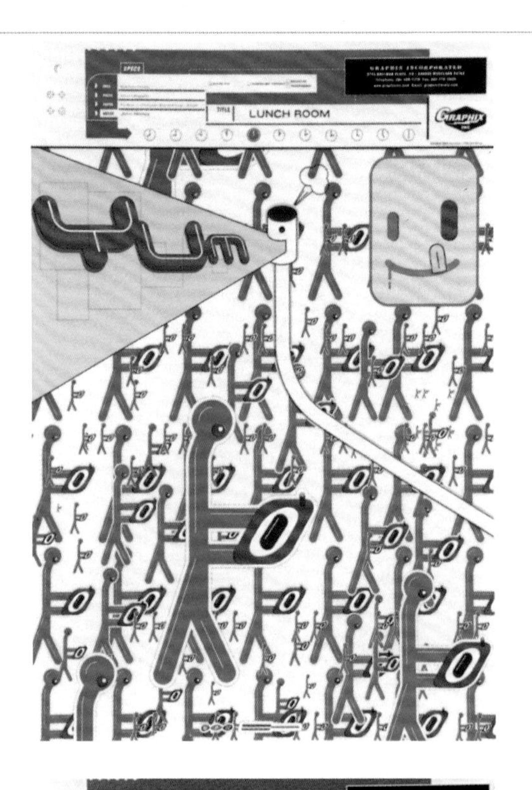

图8-41

图8-42

图8-43

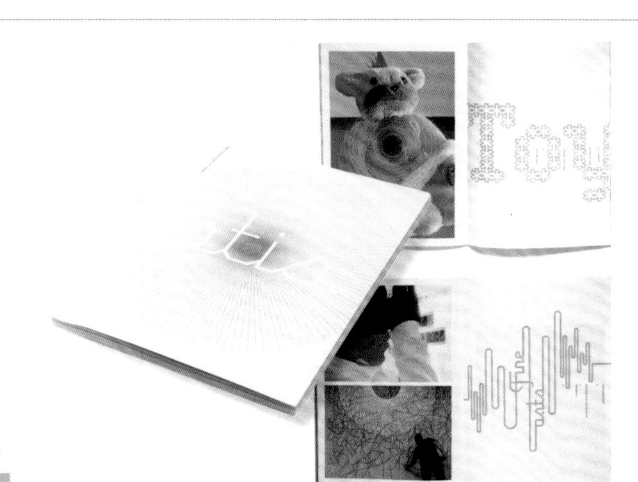

图8-44

图8-45

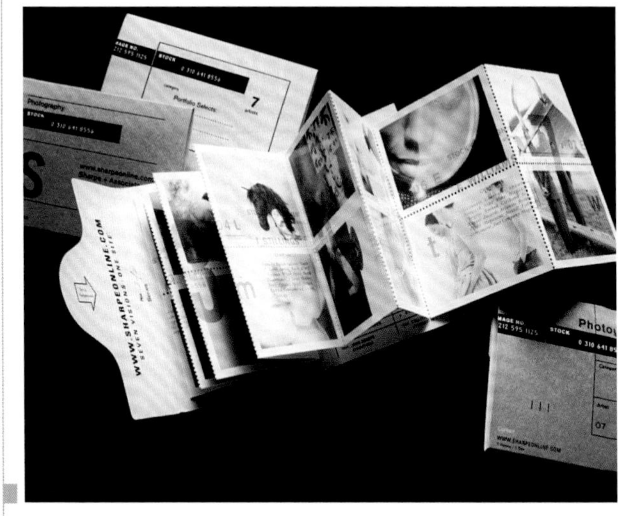

图8-46

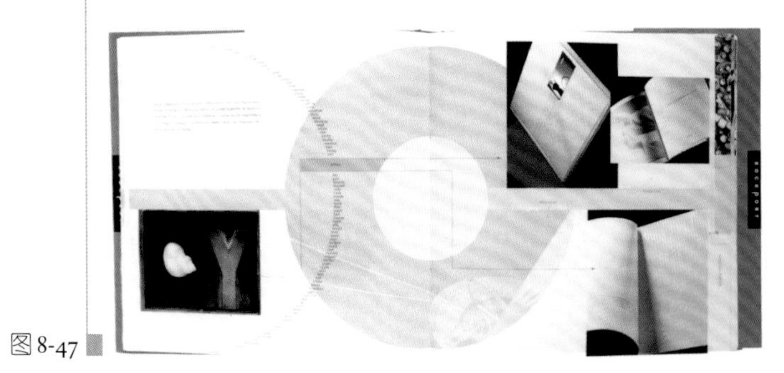

图8-47

图 8-48

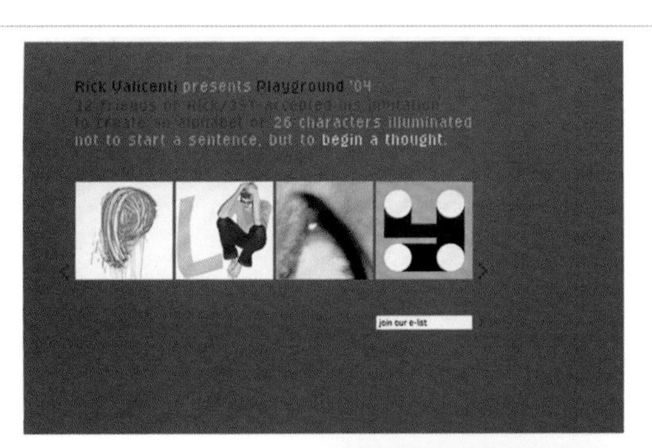

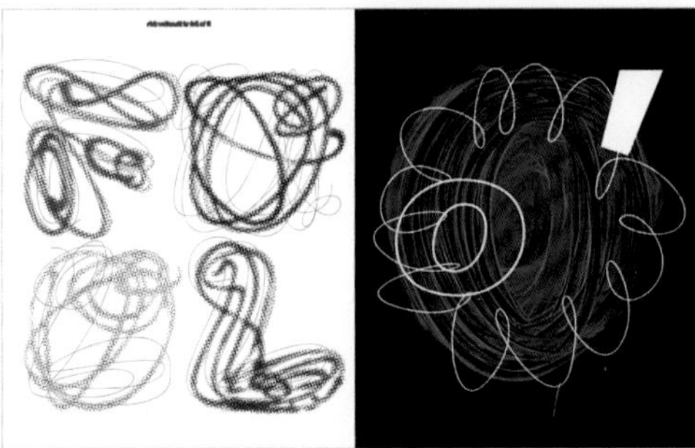

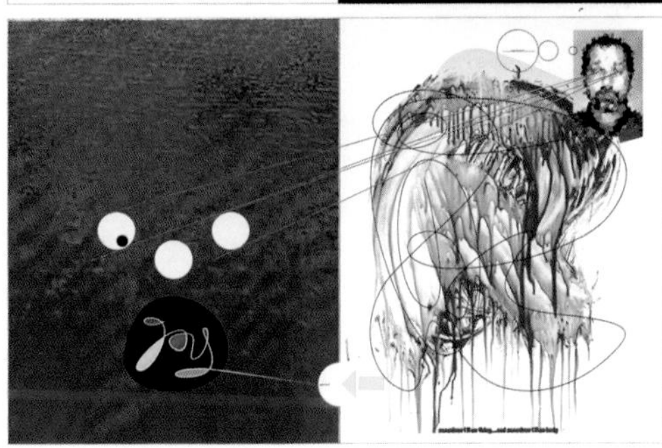

图 8-49

图 8-50

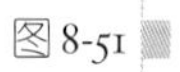
图 8-51

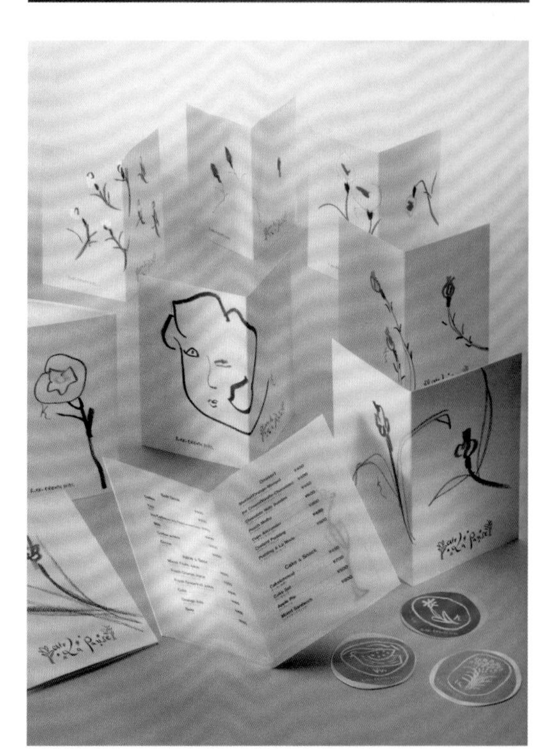

图 8-52

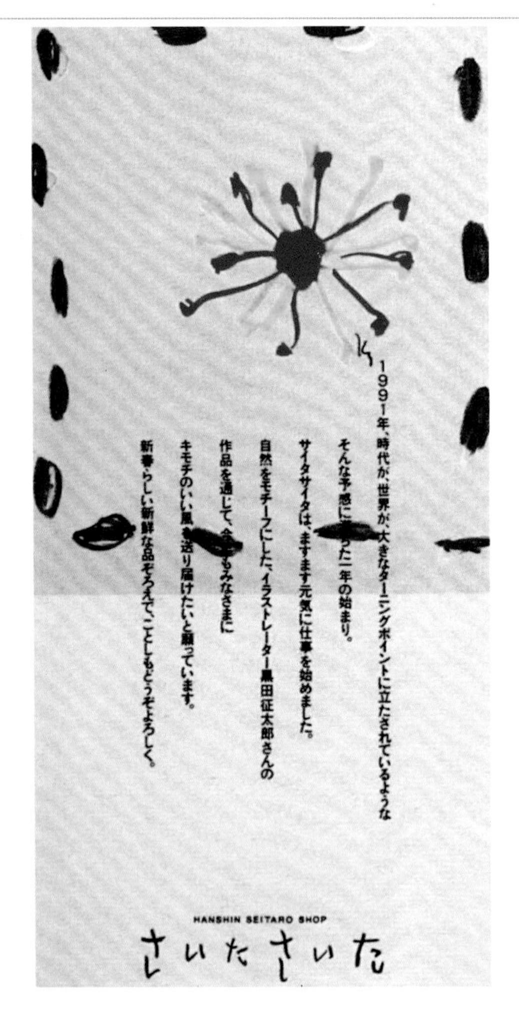

1991年、時代が、世界が、大きなターニングポイントに立たされているような
そんな予感に　た一年の始まり。
サイタサイタは、ますます元気に仕事を始めました。
自然をモチーフにした、イラストレーター黒田征太郎さんの
作品を通じて、今　もみなさまに
キモチのいい風を送り届けたいと願っています。
新春らしい新鮮な品ぞろえで、ことしもどうぞよろしく。
HANSHIN SEITARO SHOP
さいたさいた

图8-53

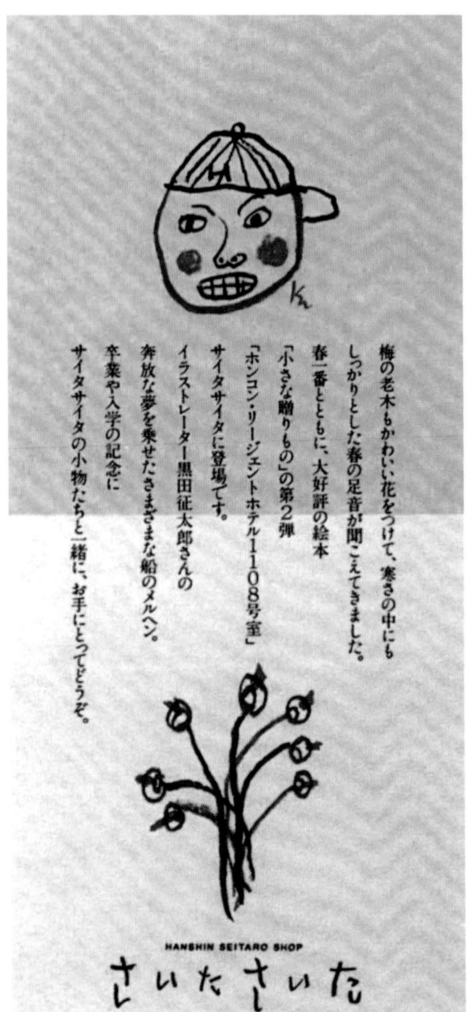

梅の老木もかわいい花をつけて、寒さの中にも
しっかりとした春の足音が聞こえてきました。
春一番とともに、大好評の絵本
「小さな贈りもの」の第2弾
「ホンコン・リージェントホテル1108号室」
サイタサイタに登場です。
イラストレーター黒田征太郎さんの
奔放な夢を乗せたさまざまな船のメルヘン。
卒業や入学の記念に
サイタサイタの小物たちと一緒に、お手にとってどうぞ。
HANSHIN SEITARO SHOP
さいたさいた

图8-54

別離と、そして新たな出会いの季節、
ときめくような春の訪れの中で、
みなさまいかがお過ごしでしょう。
何よりも大切な自然をモチーフに
イラストレーター黒田征太郎さんがつくり出す
あたたかいメルヘンの世界、サイタサイタにも
夢いっぱいの春がやってきています。卒業や入学、
人生のスタートの記念にふさわしい、気のきいた
贈り物、どうぞ、探しにいらっしゃいませんか。

HANSHIN SEITARO SHOP

さいたさいた

图8-55

图8-56

图8-57

图8-58

图8-59

图8-60

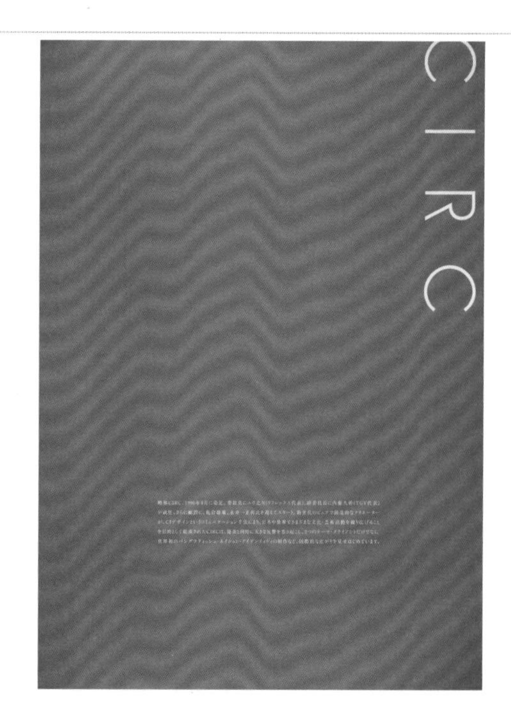

图8-61

图8-62

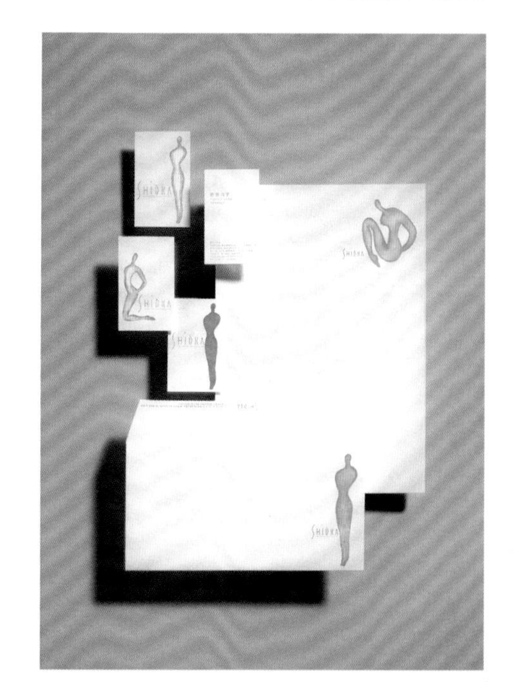

图8-63

图8-64

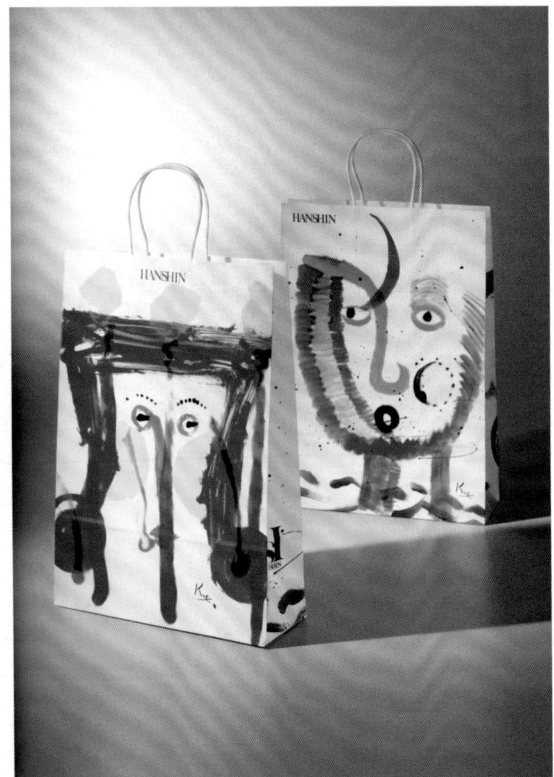

图8-65

图8-66

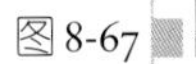
图8-67

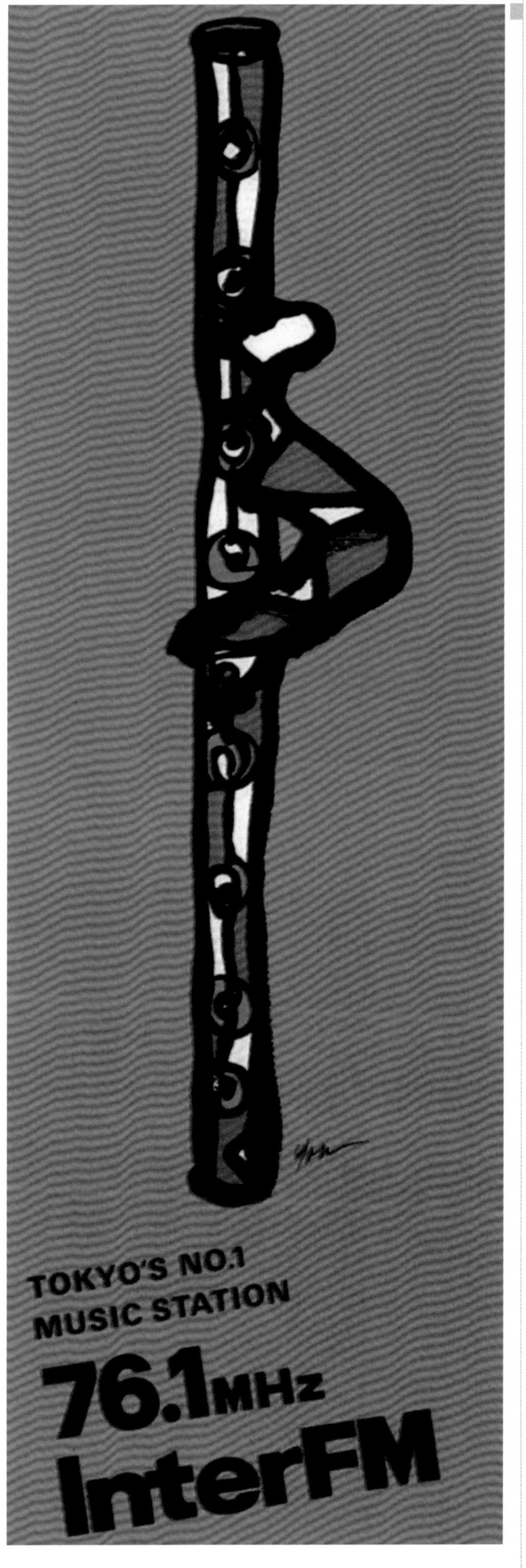

图 8-68

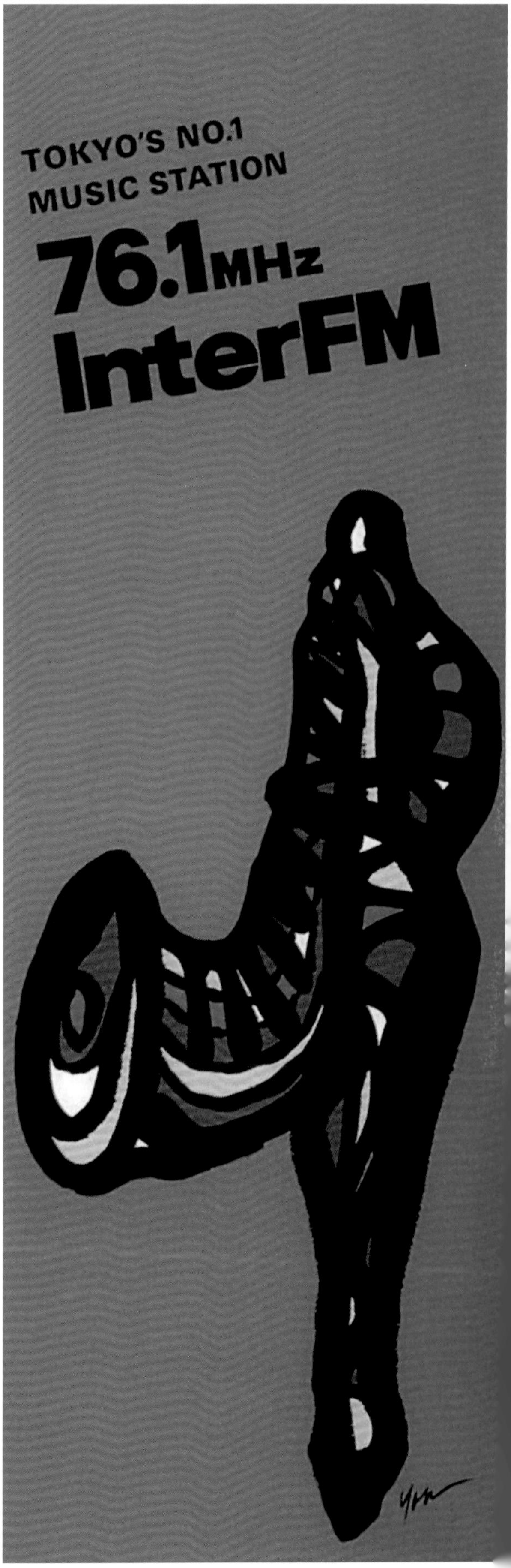

TOKYO'S NO.1
MUSIC STATION
76.1MHz
InterFM

图 8-69

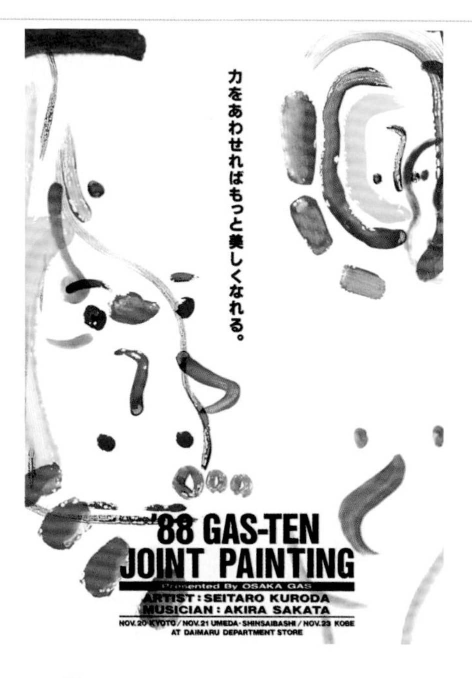

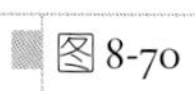
图 8-70

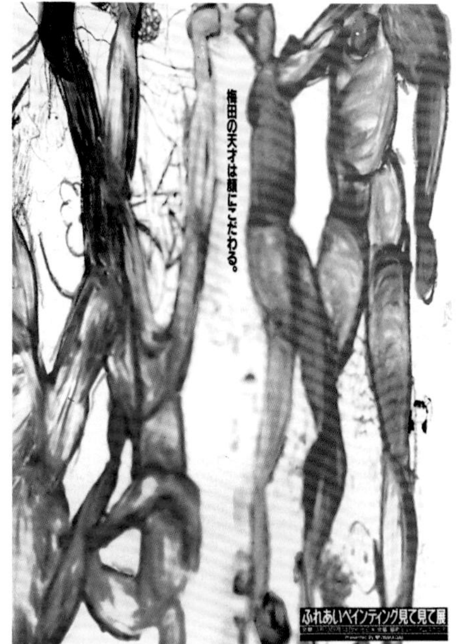

图 8-71

图 8-72

图 8-73

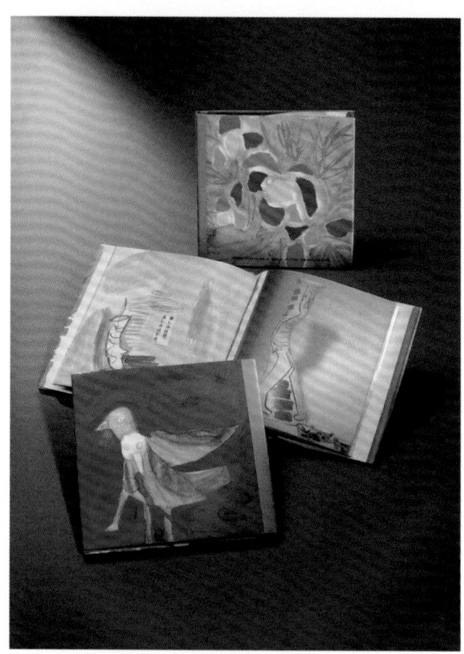

图 8-74

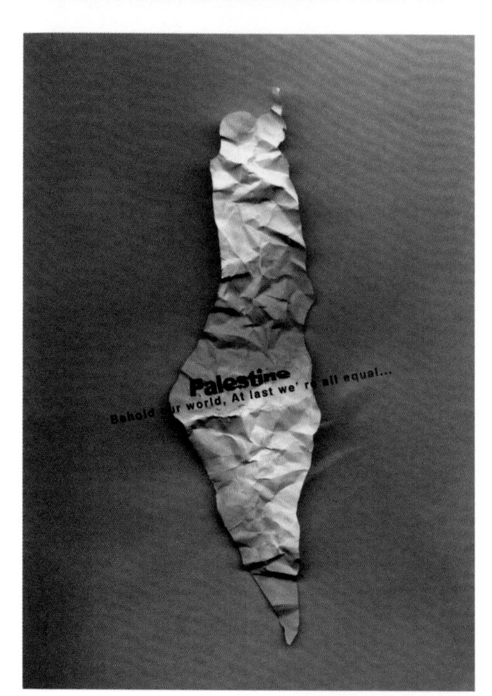

图 8-75

图 8-76

design firm: Sagmeister Inc.
art director: Stefan Sagmeister
designers: Stefan Sagmeister, Veronica Oh
photographer: Tom Schierlitz
printer: Nimbus
paper stock: Gloss 80 lb. text
printing: 1 color
quantity: 10,000
dimensions: Booklet—3 1/4" x 3 1/2" (8.5 cm x 9 cm) CD—4 3/4" x 4 3/4" (12 cm x 12 cm)

project: Marshall Crenshaw *Miracle of Science* CD
client: Razor & Tie

Playing to the CD's name, *Miracle of Science*, Sagmeister Inc. decided to design the packaging with an optical illusion built in. The CD itself features a hologram that is visible on store shelves through the packaging. The jewel-case jacket, listing the musical tracks, was reduced in size so that the CD would always be visible behind it. The insert features multiple gatefolds and one-color graphics that echo the hologram design.

图 8-77

图 8-78

图 8-79

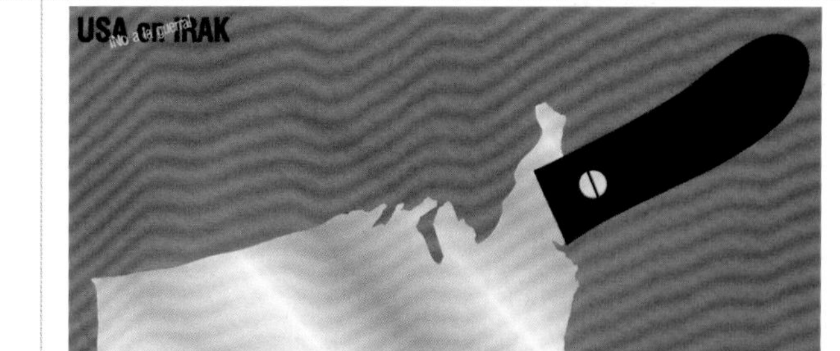

图 8-80

图 8-81

图 8-82

图 8-83

"It's sad when a child dies,
and hard as it is to say it, but he
was killed according to regulations"
Israel Defence Force spokesman
in reaction to the death of 6 year
old Ali Muhamad Juarwish,
November, 1997.
Childhood is not child's play!

图8-84

America, where have you gone?

图8-85

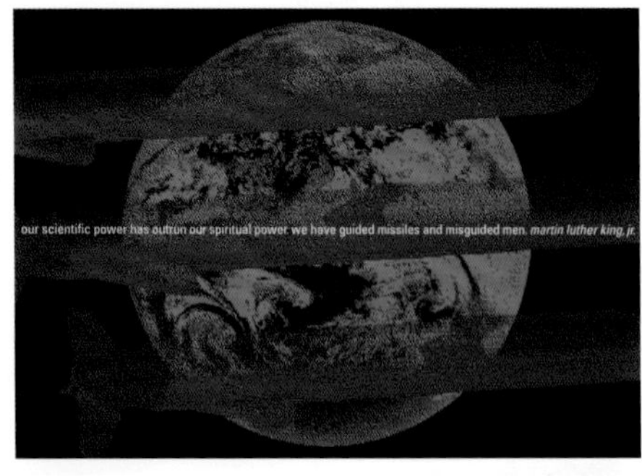

图8-86

图8-87

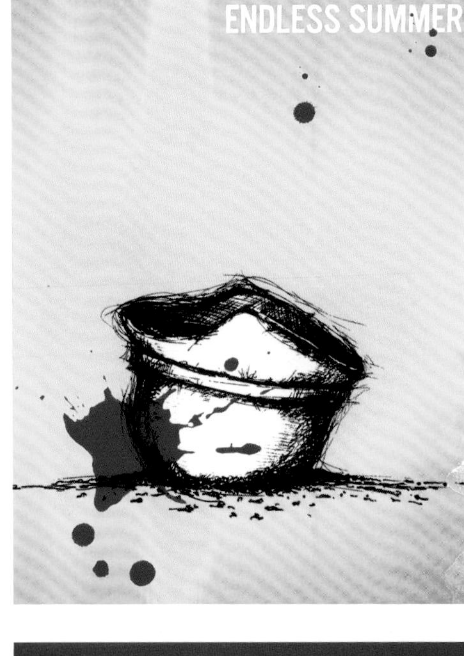

图8-88

iRaq
10,000 volts in your pocket, guilty or innocent.

图8-89

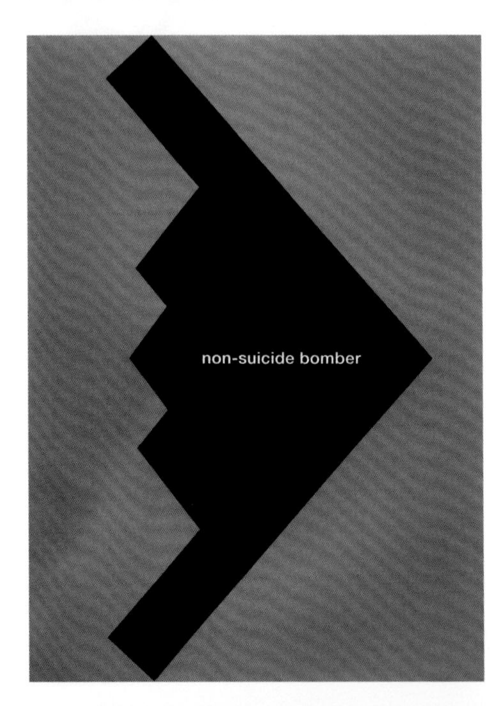

图8-90

图 8-91

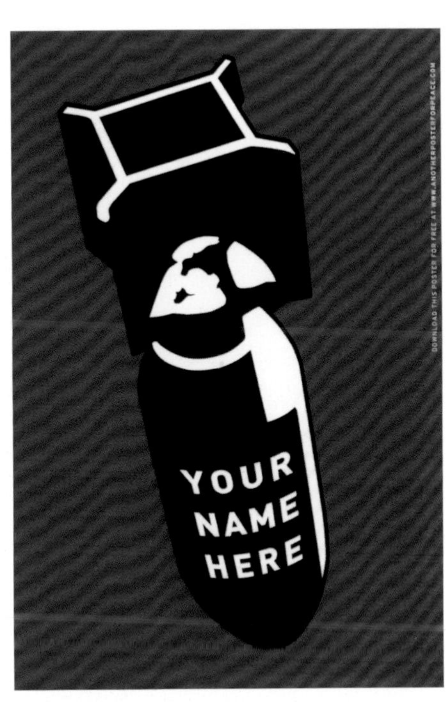

图 8-92

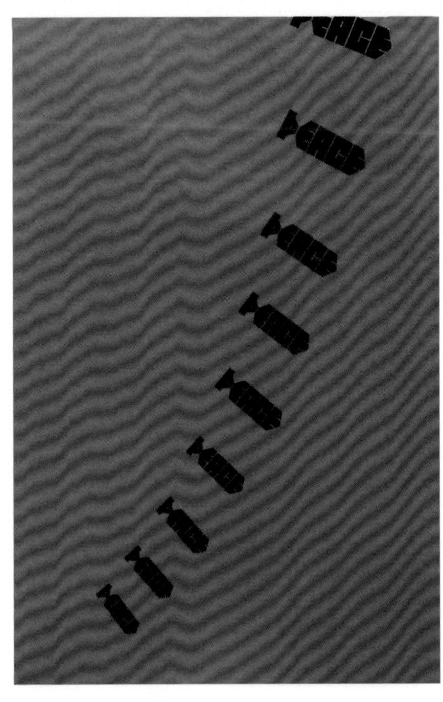

图 8-93

图 8-94

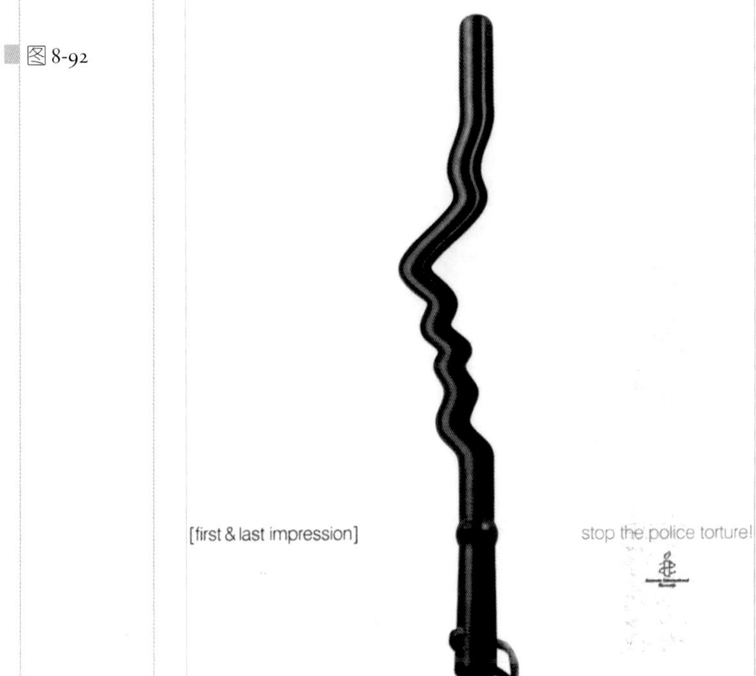

图 8-95

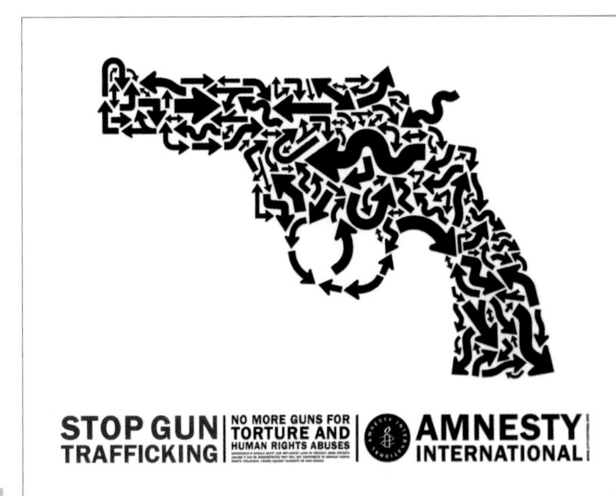

图 8-96

图 8-97

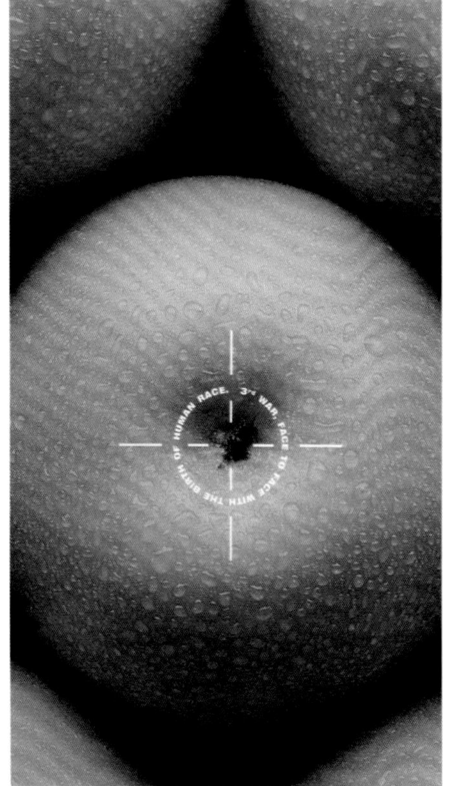

图 8-98

图 8-99

图 8-100

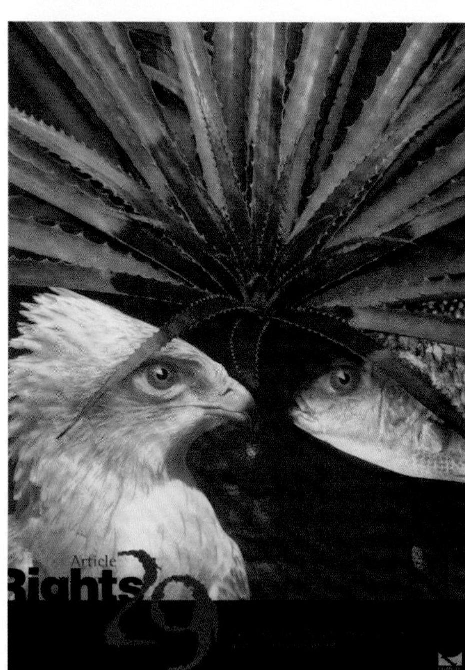

图 8-101

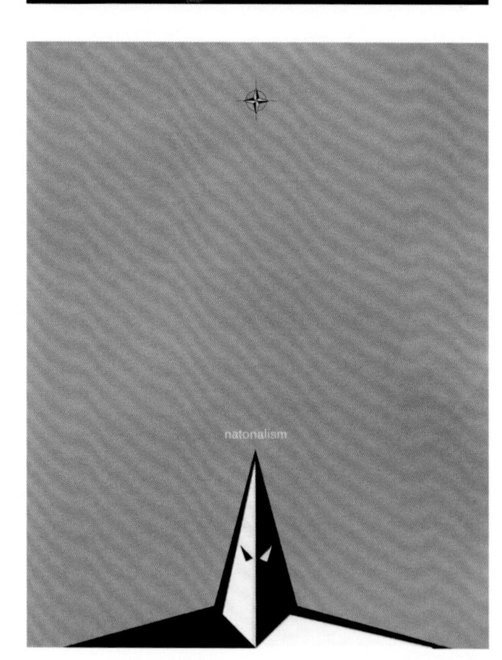

图 8-102

图8-103

图8-104

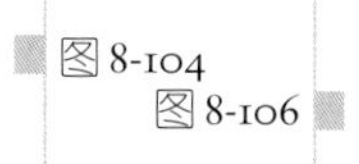

图8-105

图8-106

图8-107

图8-108

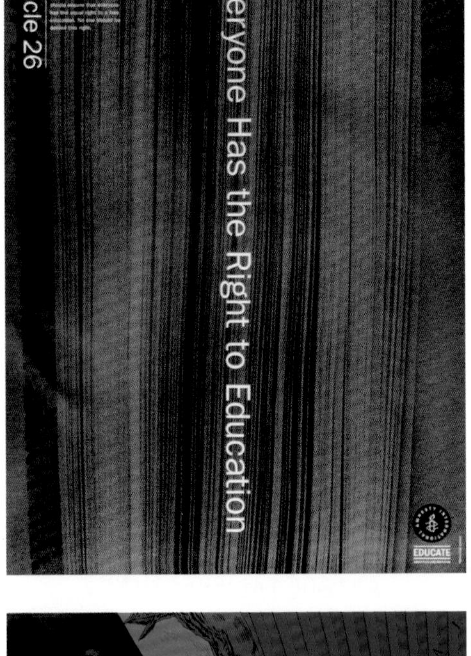

图 8-109

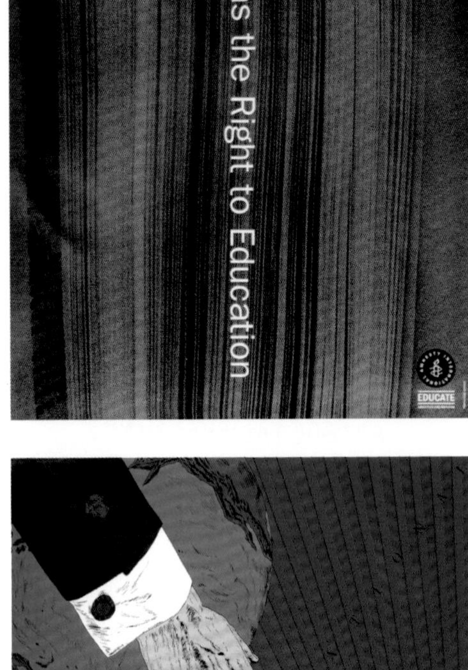

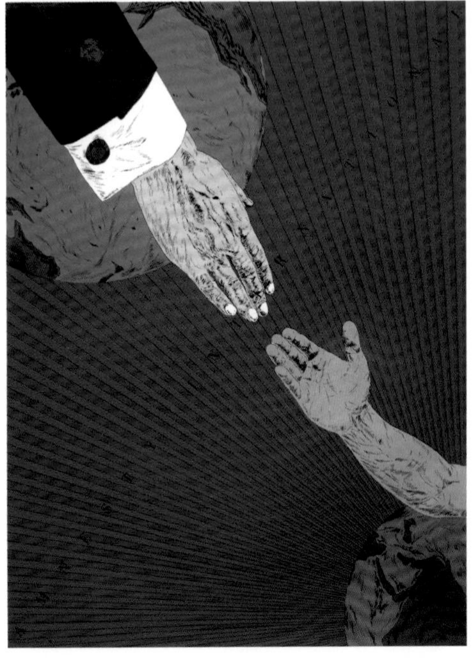

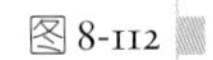
图 8-110

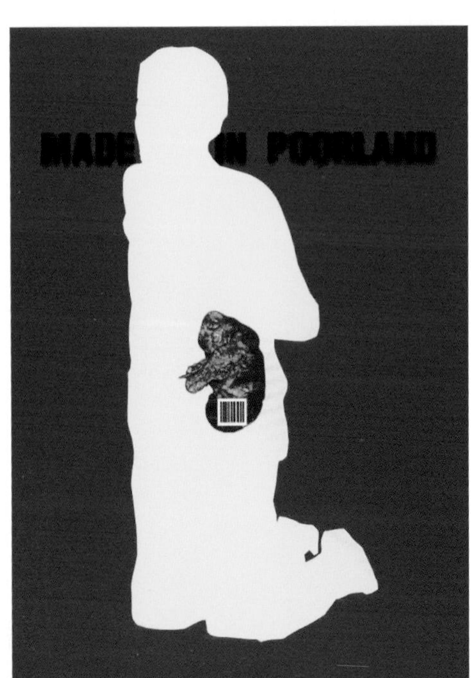

图 8-111

图 8-112

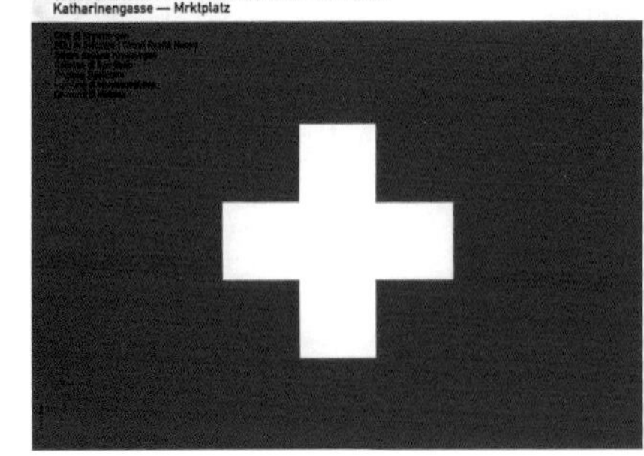

图 8-113

图 8-114

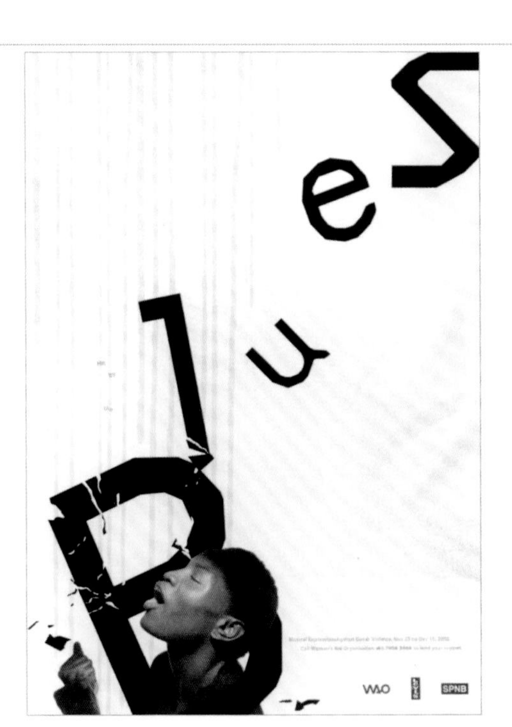

图8-115

图8-116

图8-117

图8-118

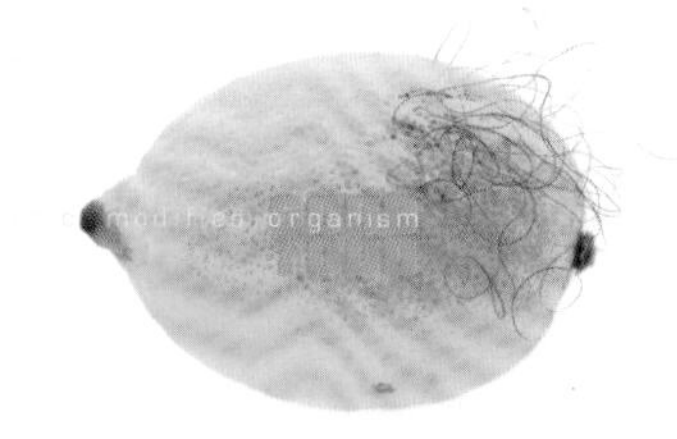

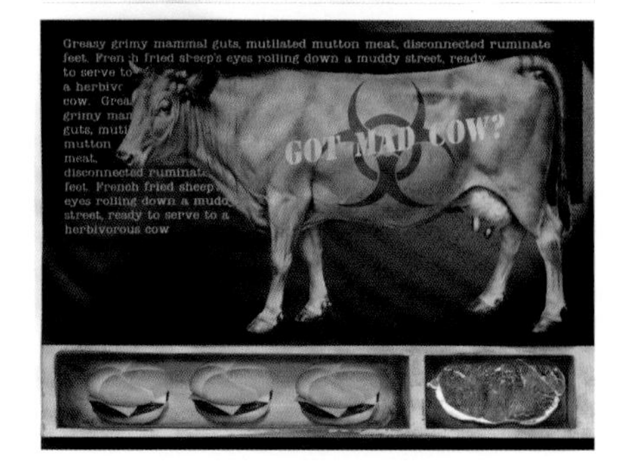

图8-119

图8-120

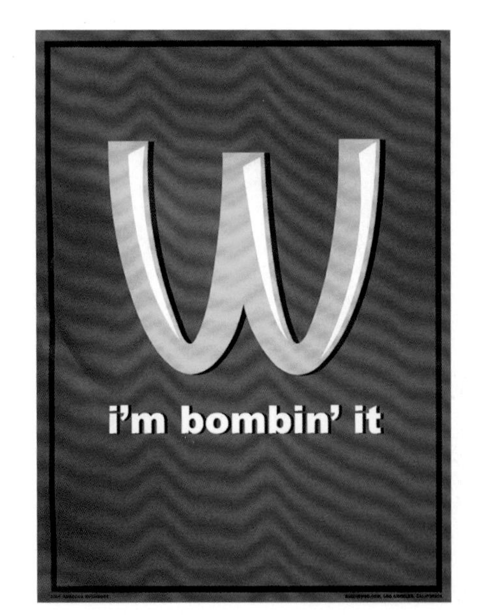

图8-121

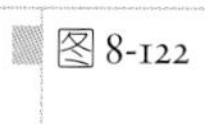

图8-122

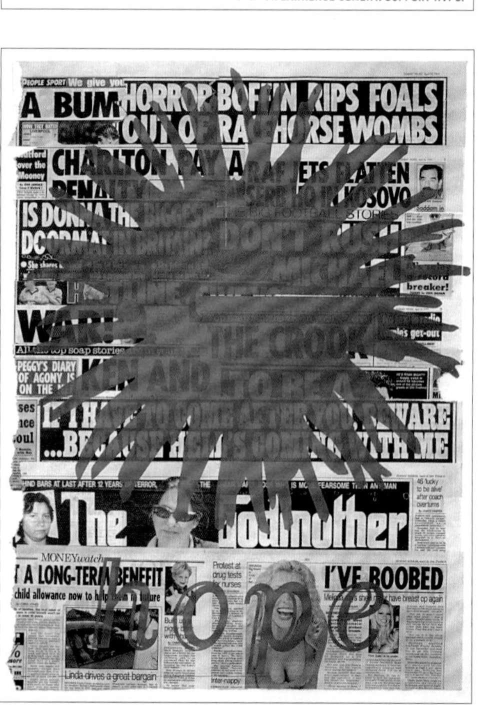

图8-123

图8-124

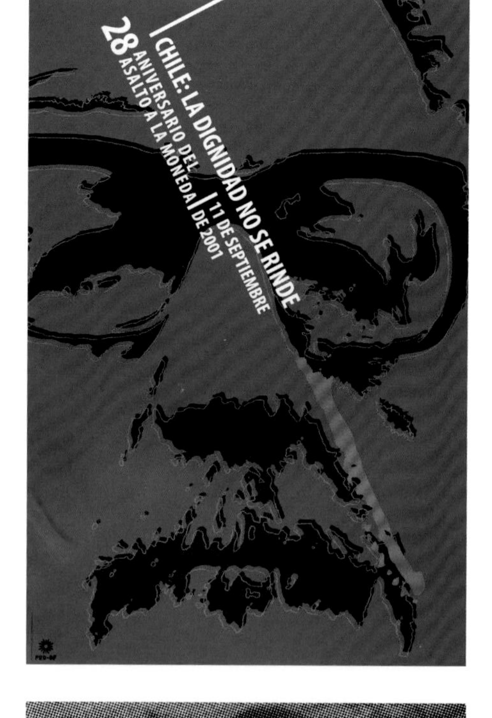

图8-125

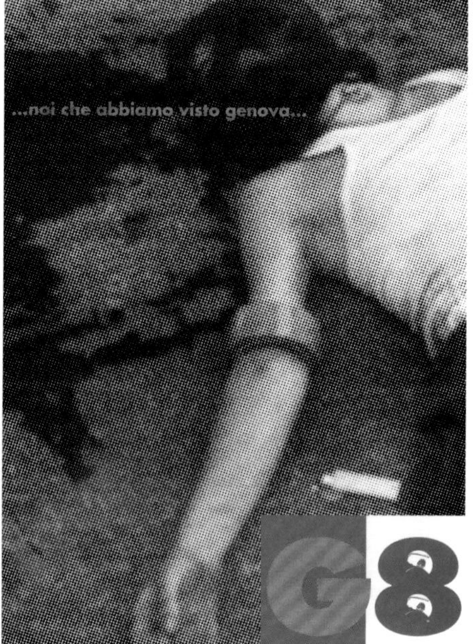

图8-126

图8-127

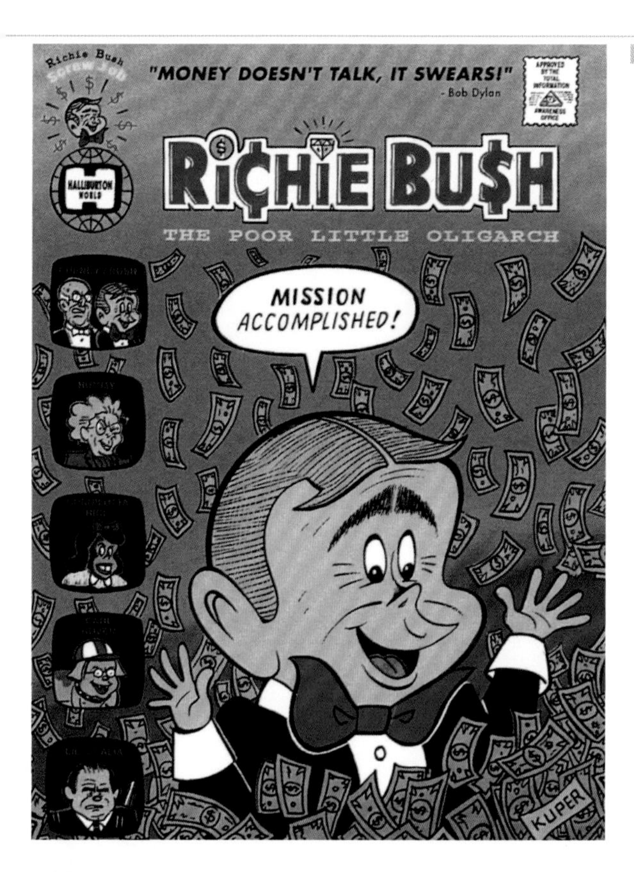

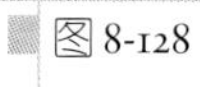
图8-128

图8-129

图8-130

图8-131

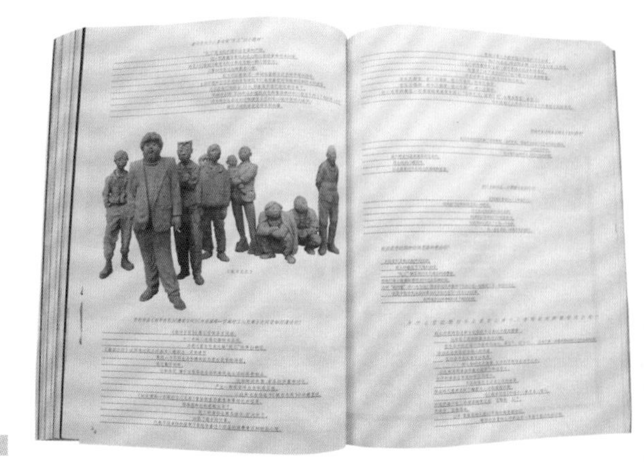

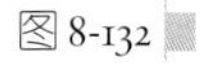
图8-132

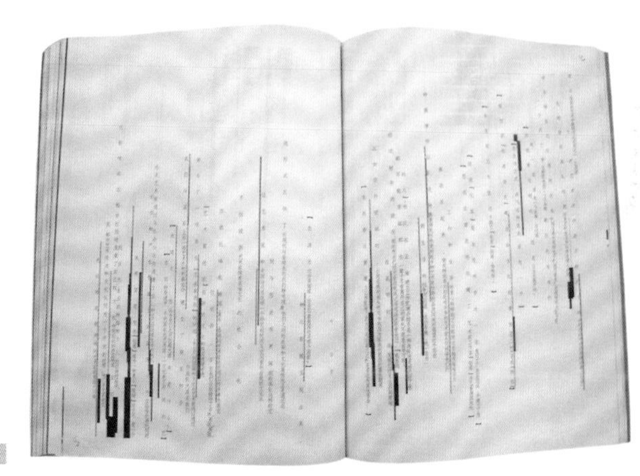

图8-133

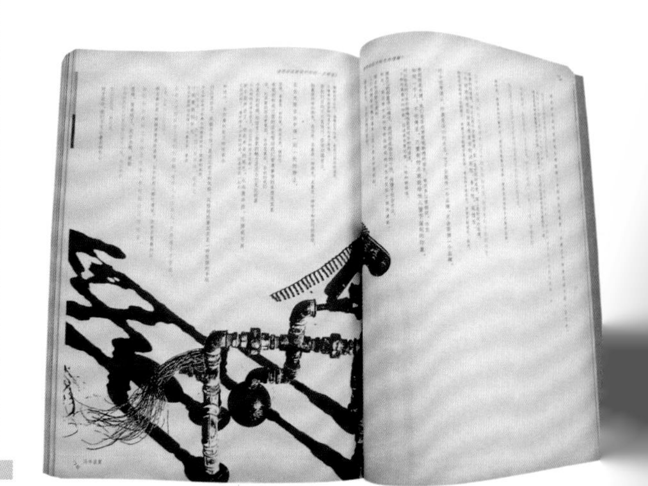

图8-134

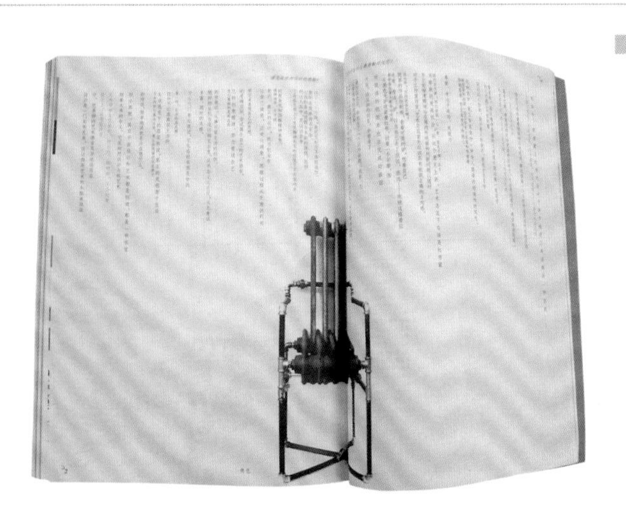

图 8-135

图 8-136

图 8-137

图 8-138

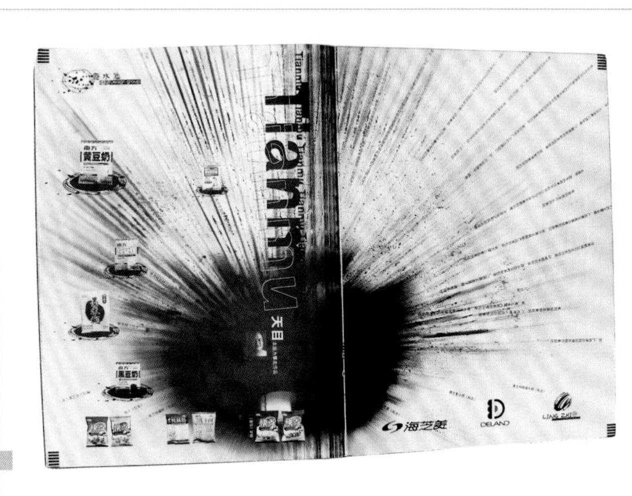

图 8-139

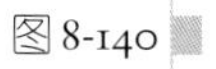
图 8-140

图 8-141

图 8-142

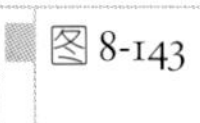
图8-143

图8-144

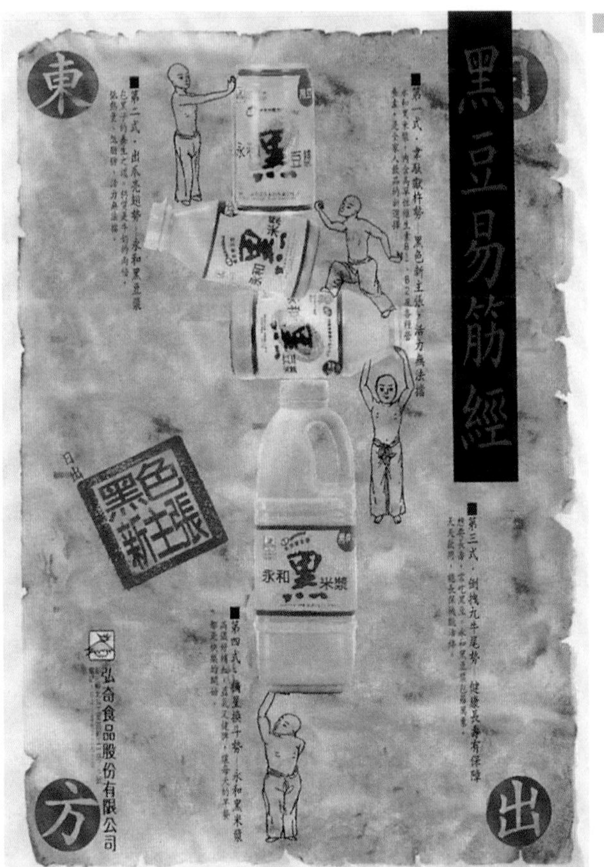

图8-145

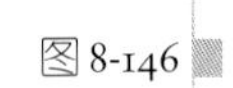
图8-146

图8-147

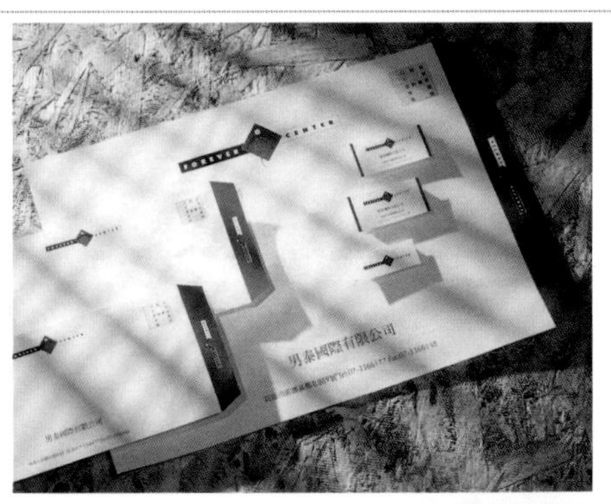

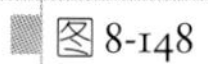

图 8-148

图 8-149

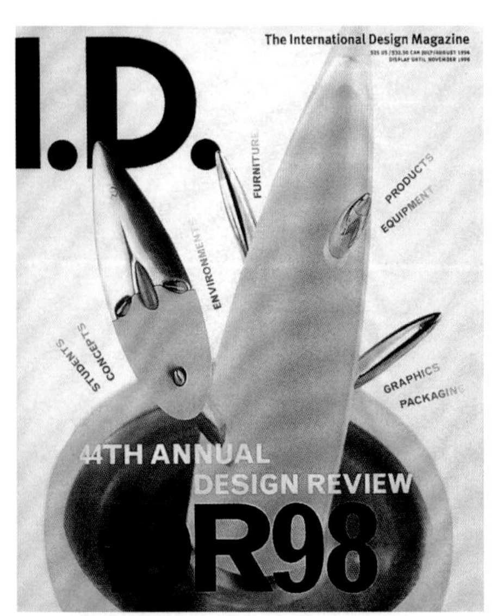

图 8-150

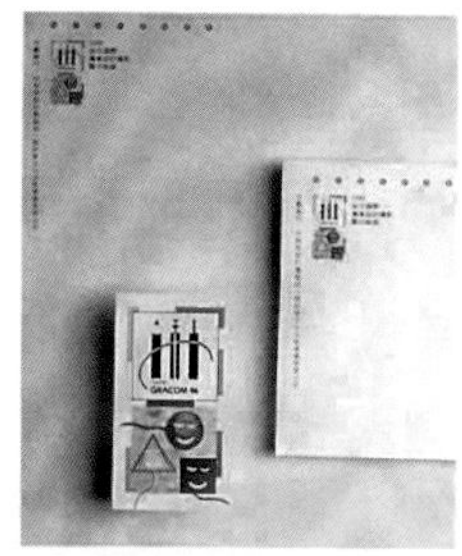

图 8-151

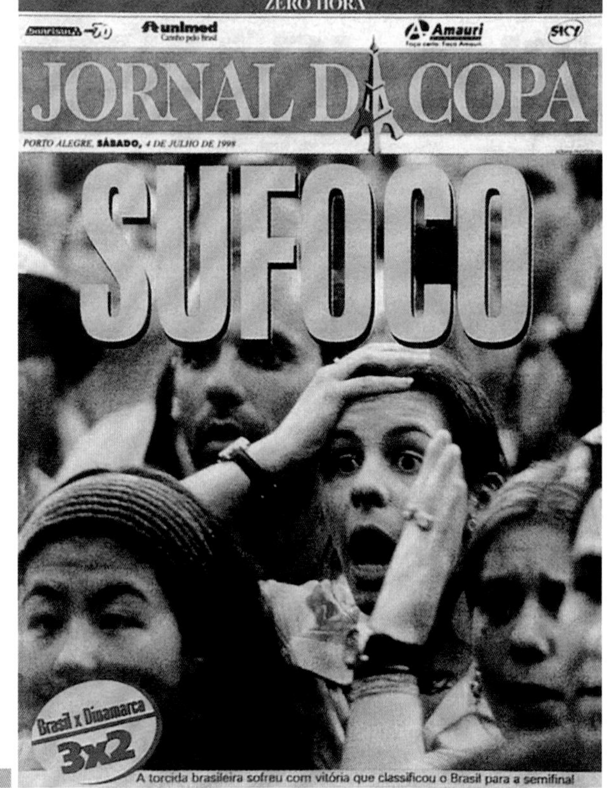

图 8-152

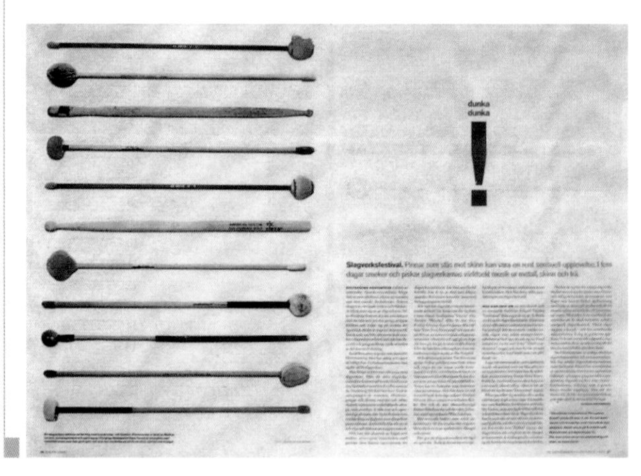

图 8-153

SÖNDAG

Josef Frank

图 8-154

POLITIKEN

KULTURLIV

Det rene snit

图 8-155

The Oregonian

LIVING

Fashion • Entertainment • People • Advice

Hats off to Keiko

Stumptown stars come out on Broadway; well, sort of

GOODBYE KEIKO

图 8-156

LIFESTYLE

ARTS & ENTERTAINMENT

BOOKS THAT MAKE GREAT GIFTS

SEASON'S READINGS

ART NORTHWEST PHOTOGRAPHY STYLE

图 8-157

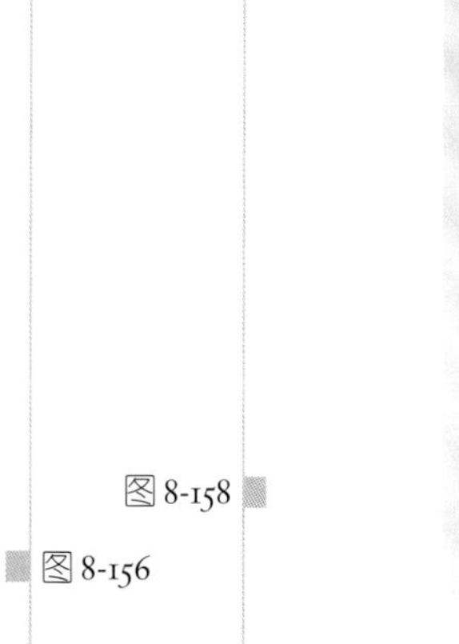

THE OSCARS

Trying to pick this year's winners?

TAKE YOUR BEST SHOT

TITANIC

Good luck scoring the Oscar winners

图 8-158

TURISMO

Correio Braziliense

日本

Japão

图 8-159

Retailer Selling To Its Own Tune

The Hartford Courant

enter

Pixels:

Religious Sites Spreading The Word On The Web

A New Way To Pray

图 8-160

Pourquoi «l'Aigle» a-t-il volé si longtemps?

LE SOLEIL

SPORTS

PLEINS FEUX

À la rescousse des «Gretzky» de Harlem

Coyotes 0, vandales 1

Des milliers de $$$ de dommages au Centre Mario-Gosselin

Savage s'offre du bon temps

Il récolte six points dans une victoire de 8-2

图 8-163

Ofrecen financiamento a zapateros

Negocios

Se reúnen 2,500 gasolineros

Temen por incertidumbre

Es Paquita Cornejo de Anaya empresaria del año

Abastecen al país 4 mil 92 gasolineras

图 8-161

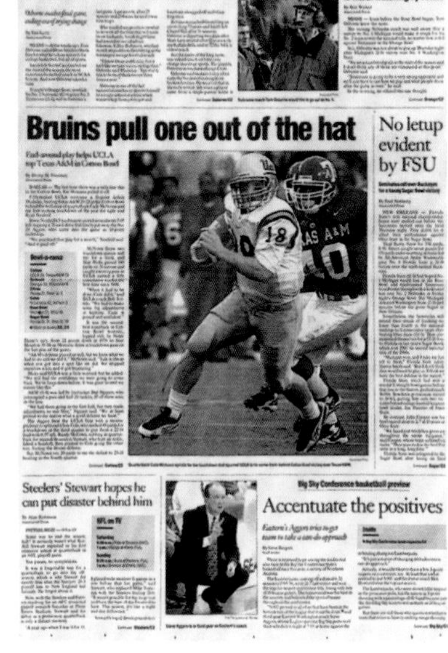

SPORTS

A man for 25 seasons

Osborne says Orange Bowl is worth watching by voters

Bruins pull one out of the hat

No letup evident by FSU

Steelers' Stewart hopes he can put disaster behind him

Accentuate the positives

图 8-164

CASA

CHARME SOBRE A MESA

VITRINE

图 8-162

POLITIK

Eine Partei nabelt sich ab

图 8-165

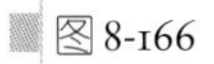
图 8-166

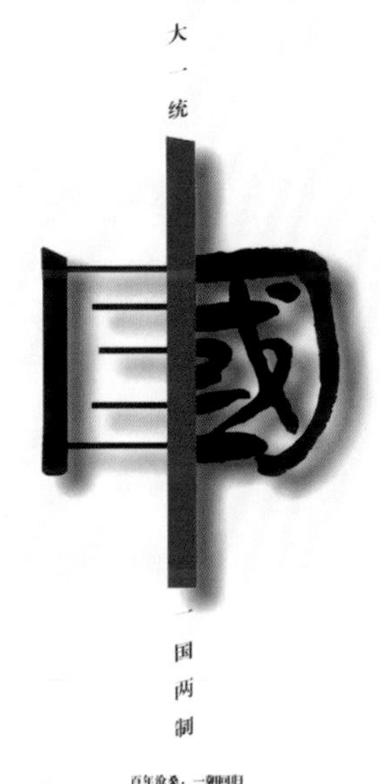

图 8-167

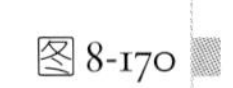
图 8-168

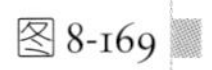
图 8-169

图 8-170

图 8-171

图 8-172

图 8-173

图 8-174

图 8-175

Lift
Minceur
2000
Máxima eficacia frente
al acolchado.

Afinar la silueta, combatir el acolchado, reafirmar
y tersar la piel, hoy Clarins lo hace posible con Lift Minceur 2000,
el producto remodelante del futuro. Lift Minceur 2000
es el primer producto con una acción en la proteína G -clave
del adelgazamiento- gracias al Cangzhu, una planta milenaria
originaria de China. Este componente permite acelerar
y ampliar el proceso del remodelado. A partir de las primeras
utilizaciones atenúa el acolchado y estiliza la silueta.
Muy rápidamente recobrará una piel firme, un cuerpo estilizado
y la silueta con la que siempre ha soñado.

www.clarins-paris.com

Clarins, al servicio de la belleza.

NUEVO

40 años de eficacia.
Sólo Clarins podía ofrecerle
una silueta perfecta.

Su regalo:
un exfoliante
de 75 ml*

Lift Minceur 2000
Body Lift 2000

CLARINS
PARIS

图 8-176

图 8-177

La piel debe
adaptarse a todos
los momentos
del día.

De día, su piel está desprotegida y en constante movimiento. Por la noche, al contrario, disfruta de la oscuridad y la tranquilidad. Es posible beneficiarse de cada uno de estos momentos y proporcionar a la piel exactamente lo que necesita. De día: protección, resplandor e hidratación. De noche, descanso y regeneración. Así, su belleza estará protegida las 24 horas.

Multi-Active Jour.
Multi-Active Nuit.

CLARINS
Multi-Active
Nuit

Multi-Active Jour
éclat-confort-hydratation
toutes peaux
Multi-Active Day Cream
all skin types

Máxima
protección
e hidratación.

A diario su rostro se expone a multíples agresiones: contaminación, aire acondicionado, exceso de sol y de luz, calefacción. Clarins le ofrece un fluido hidratante que le protege de todas ellas. Adecuado para toda la familia. Con o sin protección solar.

Fluide Super Hydratant
SPF 15

CLARINS
Crème Douceur Jour
Anti-Pollution - Peaux Sensibles
Gentle Day Cream
Sensitive Skin

CLARINS
Fluide
Super Hydratant
Multi-Confort
S.P.F.
15
Hydration-Plus
Moisture Lotion

Calmadas,
las pieles
sensibles revelan
toda su belleza.

Cada día más mujeres tienen la piel sensible. Y necesitan productos apropiados, que además de calmarla, la reequilibren y fortalezcan con suavidad. Las pieles sensibles son una de las prioridades de Clarins, que con tratamientos para el rostro, les aporta inmediatamente todo el bienestar y la belleza que tanto necesitan. Así, todas las pieles pueden mostrar toda su belleza.

Línea Douceur - Pieles Sensibles

CLARINS
Fluide
Douceur Jour
Anti-Pollution
Peaux Sensibles
Gentle Day
Lotion
Sensitive Skin

www.clarins-paris.com

CLARINS
PARIS

图 8-178

图8-179

图8-182

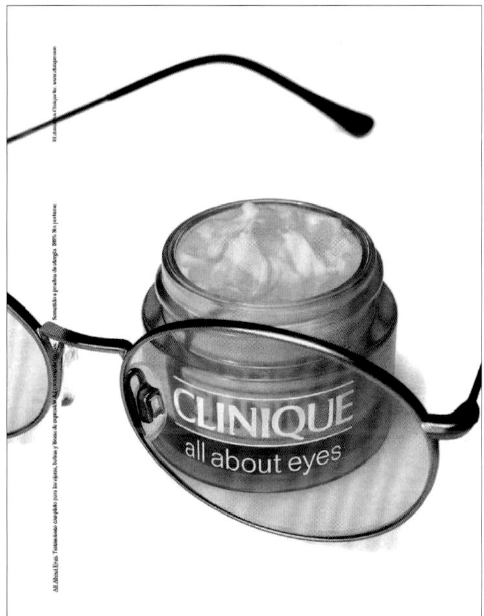

图8-180

图8-183

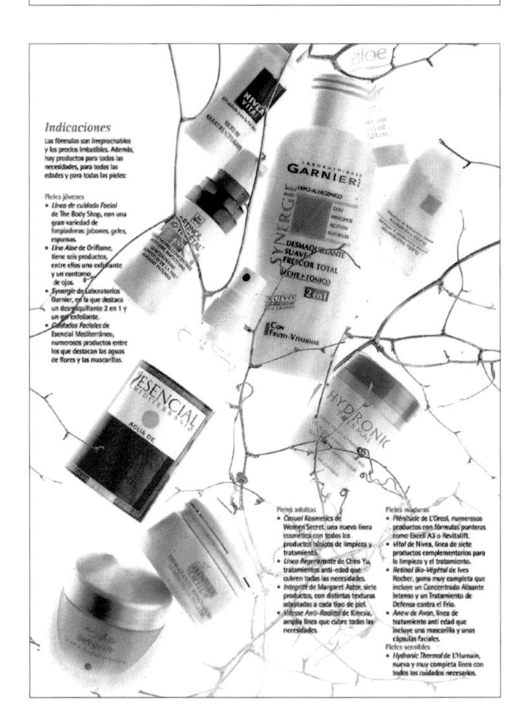

图8-181

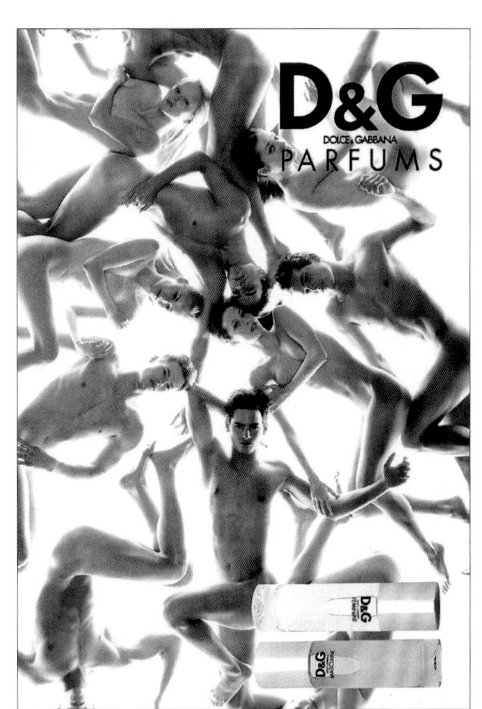

图8-184

Cabotine
DE
GRÈS

Lo importante son los Detalles
OLIMPO

图 8-186

Lo importante son los Detalles
OLIMPO

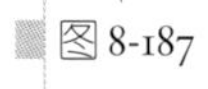

BVLGARI
Sortija de oro y amatista.
330.000 Pta.
Direcciones

moda
Tiempo de brillos
De distintas tonalidades de oro, con brillantes y perlas. Broches de platino, collares de oro gris, sortijas de amatista, tienen formas tan variadas como nuestros sentimientos; todas son irresistiblemente preciosas y acertadamente lujosas. Así brillan las joyas.
Fotografía: Xavier Lanau Estilista: Merce Copado Peluquería y maquillaje: Jorge de la Garza para Cebado con productos Jorge de la Garza Make'up Modelo: Davinia de Group Asistente de fotografía: Lluis Gandia

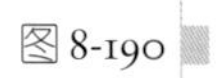

RELOJES
TIME FORCE
ULTIMATE
CONCEPT
WATCHES
TITANIUM SERIES
Registered trademark by TIME FORCE AG of SWITZERLAND
TIME FORCE ESPAÑA • Tel: 91 594 04 31

图 8-191

图8-192

图8-193

图8-194

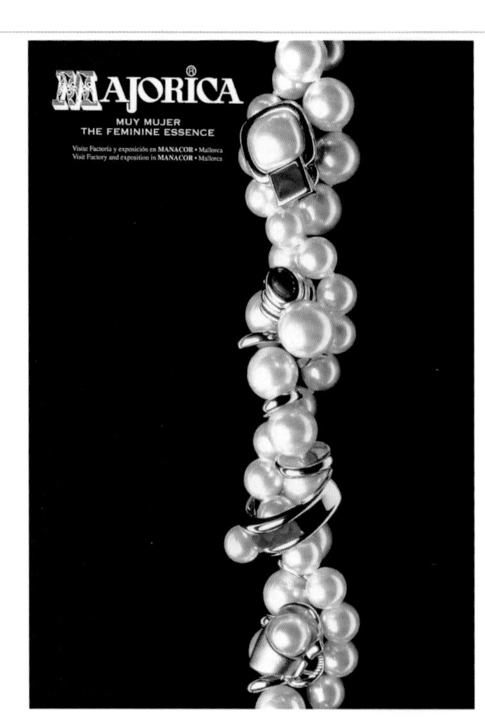

图8-195

图8-196

图8-197

图8-198

图8-199

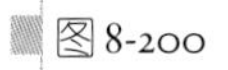
图8-200

图8-201

图8-202

图8-203

图 8-204

图 8-205

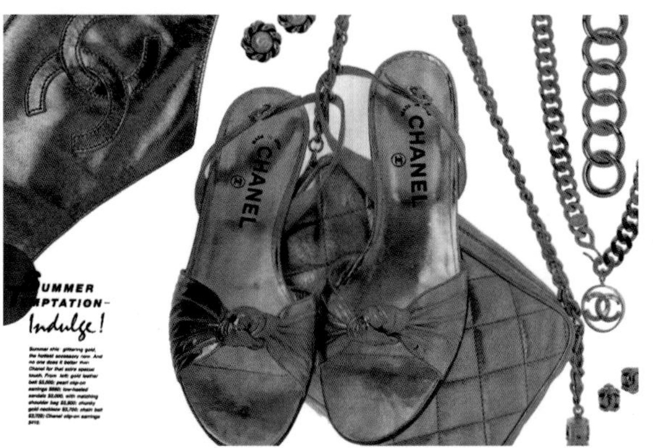

图 8-206

图 8-207

图 8-208

图 8-209

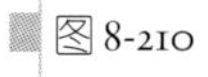

图 8-210

图 8-211

图 8-212

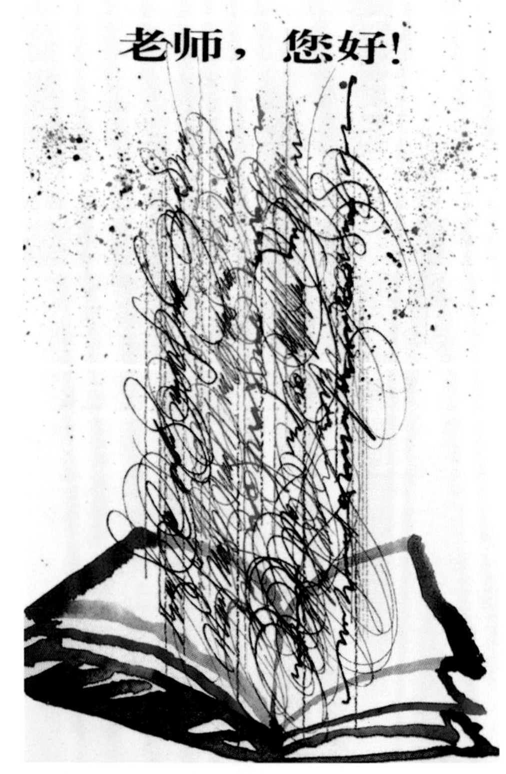

图 8-213

图 8-214

图 8-215

图 8-216

图 8-217

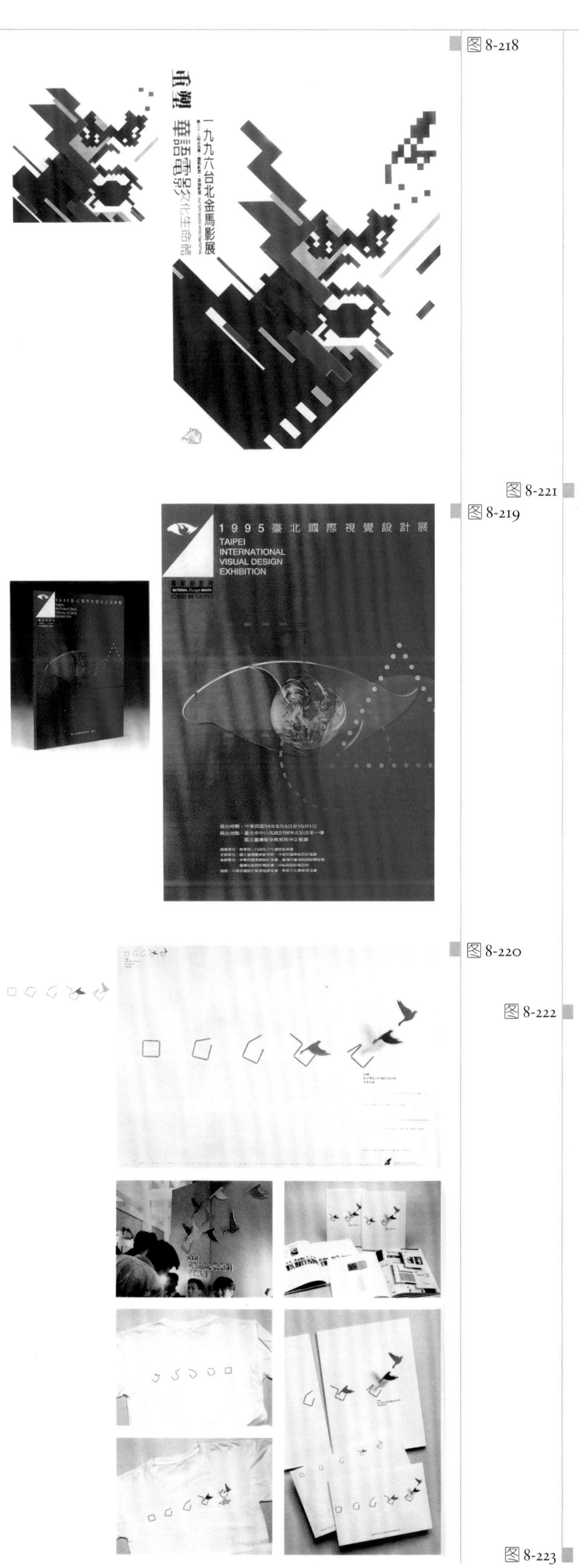

图 8-218

图 8-219

图 8-220

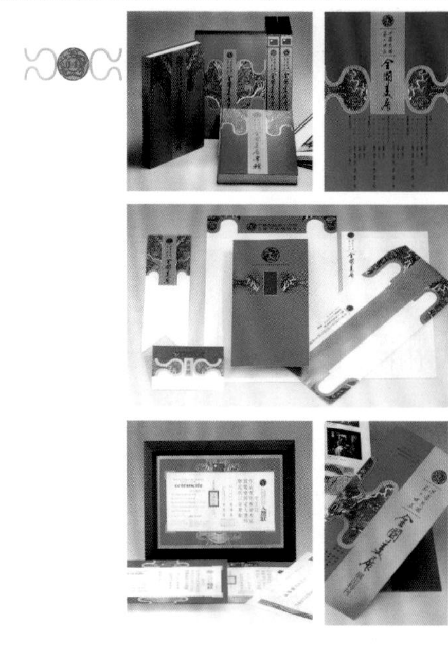

图 8-221

图 8-222

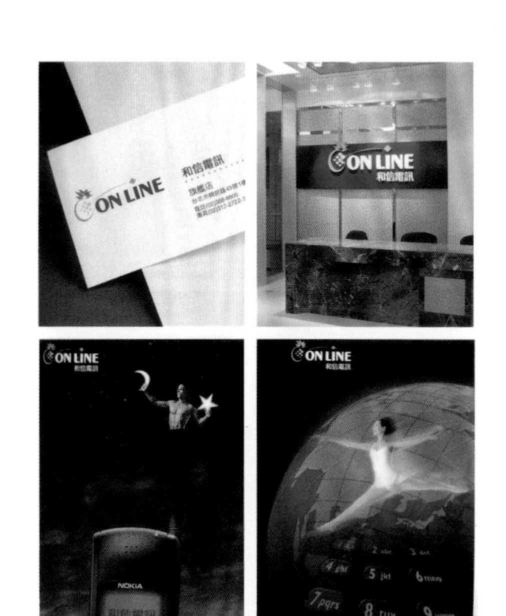

图 8-223

图 8-224

图 8-225

图 8-226

图 8-227

图 8-228

图 8-229

图 8-230

图8-231

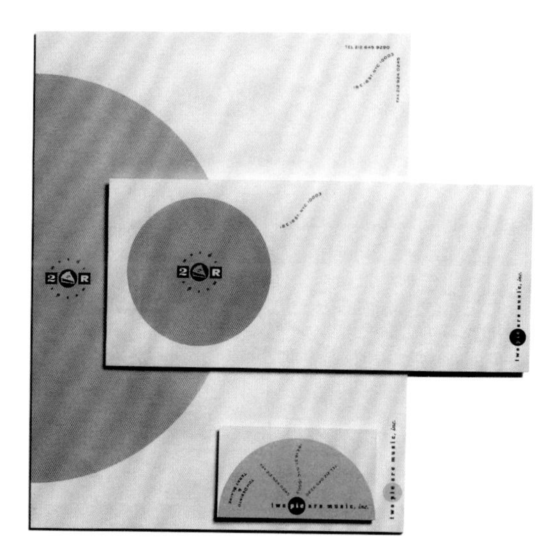

图8-232

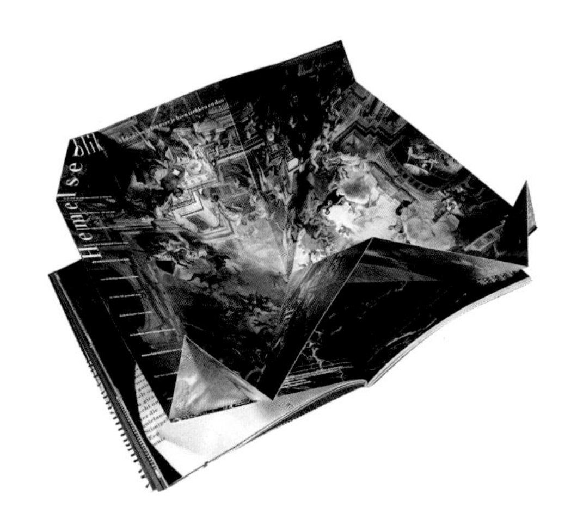

图8-233

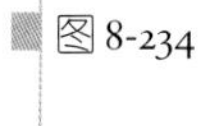
图8-234

图8-235

图8-236

图书在版编目（CIP）数据

版式 / 陆红阳，喻湘龙主编．—南宁：广西美术出版社，2005.2

（现代设计元素）

ISBN 7-80674-922-5

Ⅰ.版… Ⅱ.①陆…②喻… Ⅲ.版式—设计

Ⅳ.TS881

中国版本图书馆CIP数据核字（2005）第010702号

现代设计元素·版式设计

艺术顾问 / 柒万里　黄文宪　汤晓山

主　　编 / 喻湘龙　陆红阳

编　　委 / 汤晓山　喻湘龙　陆红阳　黄卢健　黄江鸣　江　波　袁晓蓉　李绍渊　尹　红　李梦红　汪　玲　熊燕飞　陈建勋　游　力　周　洁　全　泉　邓海莲　张　静　梁玥亮　叶颜妮

本册著者 / 陈建勋

出 版 人 / 伍先华

终　　审 / 黄宗湖

图书策划 / 苏　旅　姚震西　杨　诚　钟艺兵

责任美编 / 陈先卓

责任文编 / 符　蓉

装帧设计 / 八　人

责任校对 / 陈宇虹　刘燕萍　罗　茵

审　　读 / 林柳源

出　　版 / 广西美术出版社

地　　址 / 南宁市望园路9号

邮　　编 / 530022

发　　行 / 全国新华书店

制　　版 / 广西雅昌彩色印刷有限公司

印　　刷 / 深圳雅昌彩色印刷有限公司

版　　次 / 2006年7月第1版

印　　次 / 2006年7月第1次印刷

开　　本 / 889mm × 1194mm　1/16

印　　张 / 6

书　　号 / ISBN 7-80674-922-5/TS.8

定　　价 / 36.00元